泉　鏡花

●人と作品●

福田清人

浜野卓也

Century Books　清水書院

原文引用の際，漢字については，
できるだけ当用漢字を使用した。

序

青春の日に、いろいろな業績を残した史上の人物の伝記、あるいはすぐれた文学作品にふれることは、精神形成に豊かなものを与えてくれる。

ことに苦難をのりこえて、美や真実を求めて生きた文学者の伝記は、強い感動をよぶものがあり、その作品の鑑賞・理解のためにも大きな鍵を与えてくれるのである。

たまたま私は清水書院より若い世代を対象とした近代作家の伝記、及びその作品を解説する「人と作品」叢書の企画について相談をうけた。執筆者は主として私が関係していた立教大学大学院で近代文学を専攻している新人諸君をということであったが、本篇の執筆者は、それにこだわらず、かねて親しくしており、その才能のある浜野卓也君を推薦することにした。

浜野君は早稲田大学国文科出身で、高校に出講しつつ、かたわら青少年のための作品も書きつづけ、作家的才能もある人である。

さてこの「人と作品」叢書はすでに一九六六年五月、その第一期九冊を刊行し、第二期がここに出版される運びとなったが、その一冊がこの「泉鏡花」である。

北国金沢に生まれ、文学に志して上京し、尾崎紅葉の門に入り、鏡花世界の名もあるような特異な次元の、超現実的な、浪漫的な境地を展開させて、近代文学史を彩った天才的な作家の生涯を浜野君は、その創作で習練した筆でいきいきと描いてくれ、またその作品についても、親切な鑑賞をこころみている。そのすぐれた才能にかかわらず鏡花については、まとまった研究書としては、二、三冊を数えるしか出ていない。

浜野君のこの本は、極めて手頃な鏡花文学の入門書の役割をつとめるものと、監修者としてその原稿を読みながら深く感じたことであった。

福田清人

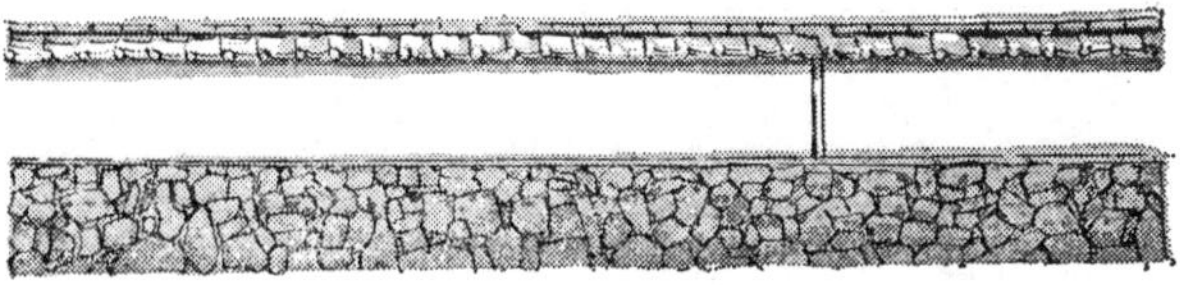

目次

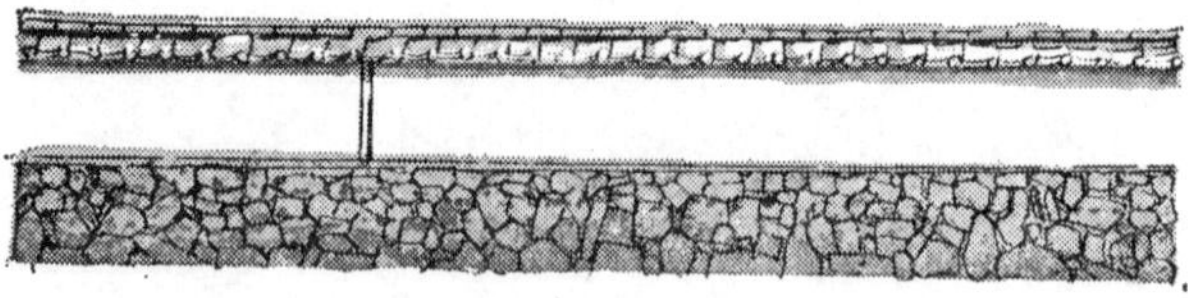

第一編

泉鏡花の生涯

――白桃の花――

恁う云ふ女の汗は薄紅《うすくれない》になつて流れるよう。「川へ落ちたら何うしませう、川下へ流れて出ましたら、村里の者が何といつて見ませうね。」

「白桃の花だと思ひます。」と弗《ふ》と心付いて何の気なしにいふと、顔が合うた。

すると、然《さ》も嬉しさうに莞爾《にっこり》して……(『高野聖』より)

北国慕情

——幼年時代——

金　沢　城

雪国のこども

金沢は、加賀の国守前田侯百万石の城下町。特色のある屋根瓦が今なお美しく立ちならぶ街。北陸の京都とも呼びたいような、優雅な伝統の芳香がどこからともなく漂《ただよ》ってくる都会である。

「店の一軒一軒の立派さはどうだろう。黒い土壁作りの呉服屋の軒先をツバメがかすめて、畳敷の店では番頭が赤い布を計っている。後向きの若い客の矢ガスリの紫、あれは兼六公園の池に咲いているあやめの花の色だ。そういえばこの町全体が紫の感じ——上品で落着いていて、どこか微かに色気があって——。長生殿とか千歳などという菓子も、この紫のフンイキのうちから生れたものにちがいない。

修学旅行に東京へ来ることはない。

金沢へ行き給え、京都へ、また、奈良でもよい。日本のこどもたちに、ほんとうに日本の美しいものを見せておく必要がある。金沢は、今日なお、奈良・京都と並び称される歴史ゆかしい古都である。」（池田潔『金沢』）

この古都にあって、鏡花はどのように育くまれていったのであろうか。

「金沢の正月は、お買初め、お買初めの景気の好い声にてはじまる。初買なり。二日の夜中より出立つ。元日は何の商売も皆休む。初買の時、競つて紅鯛《べにだい》とて縁起ものを買ふ。笹の葉に、大判、小判、打出の小槌、宝珠など、就中《なかんずく》、緋に染色の大鯛小鯛を結付くるによつて名あり。お酉《とり》様の熊手・初卯《う》の繭玉の意気なり。北国ゆゑ正月はいつも雪なり。雪の中を此の紅鯛綺麗《きれい》なり。此のお買初めの、雪の真夜中、うつくしき灯に、新版の絵草紙を母に買つてもらひし嬉しさ、忘れ難し。」（『寸情風土記』大九・七）

冬ともなれば、日がな一日、さながら、たそがれどきのように、降りしきる雪の薄あかりの、あちらこち

鏡花の出生地

らから、懐しい歌の聞えてきそうなこの町。石川県金沢市下新町二三の泉家に長男が生まれた。明治六年(一八七三)の晩秋、正確には、人々は、雪とつららに閉ざされる忍従の季節のおとずれを決意しなければならない十一月四日のことである。雪国生まれにふさわしく、色の白い、そして美貌の母親似のこの赤児は、まもなく鏡太郎と名づけられた。

鏡花自身による幼時の記憶は、二歳半の明治九年四月にまでさかのぼることができる。

自筆年譜によると

「父母に伴はれて、土地の向山に遊び、はじめて城の天守を望み、殆《ほとん》ど町の全景を覧《み》る。山中の蕎麦《そば》屋にて、もり三杯を服し、往復を歩行《ある》きて、健脚健啖《けんきやくけんたん》を、しばしば一つ話にさる。健啖は知らず、其後五里以上の道を歩行し得たる覚えなし、嘲笑すべき男の足弱なり。」

大きくなってからは、五里(一九キロ)以上歩いたことがない。というのは、当時としては、たしかに足弱に属する。だが二つのときには足

父と鏡花(明治9年)

泉家の家系図

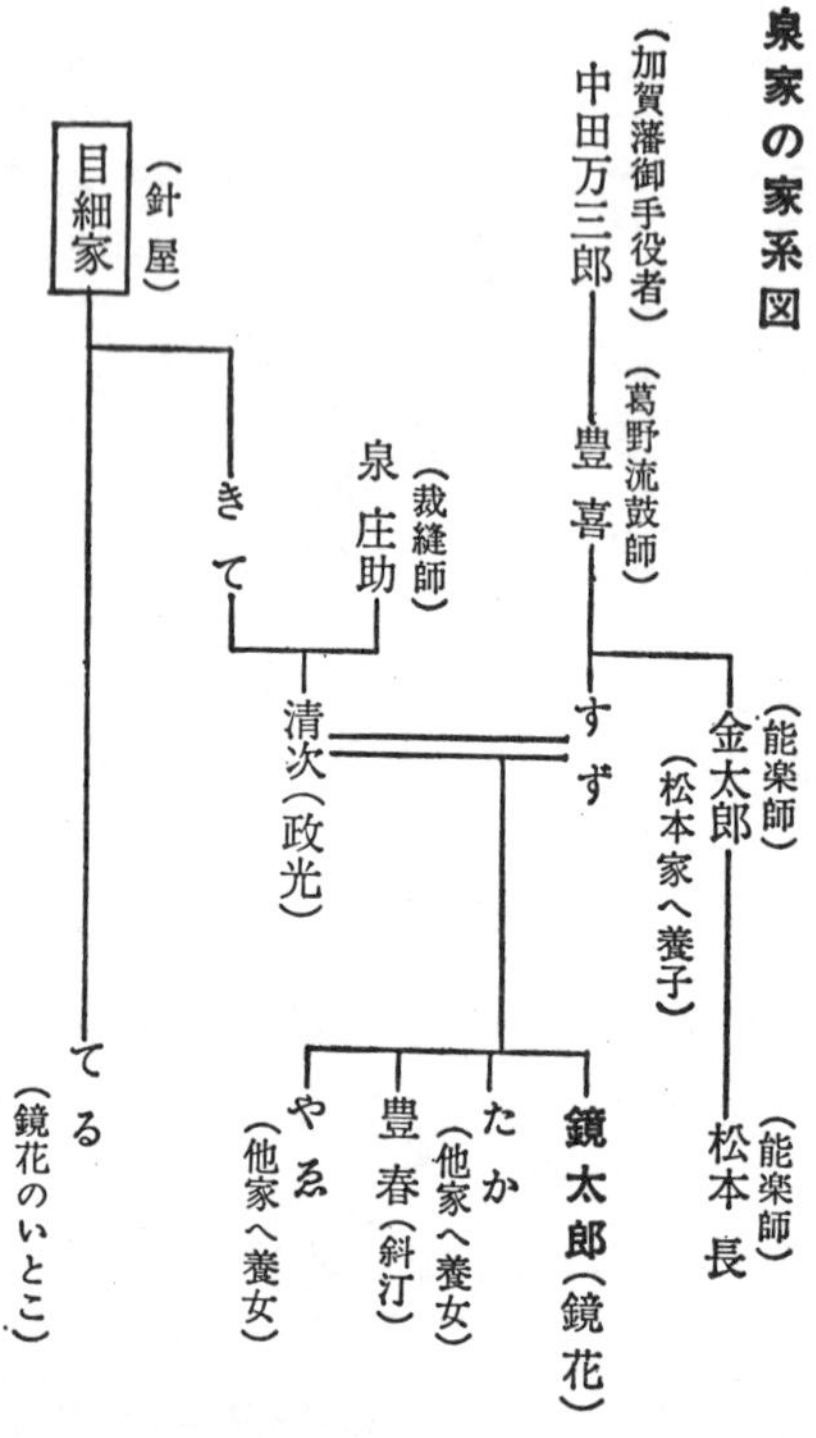

が強くて大食であったというのだ。しかし、二歳半の子が、往復五里の道を歩き、そば三杯平らげるというのは、伝説的英雄談の類である。また、いくら記憶力が非凡だとはいえ、二歳半の幼時を覚えているおとながいるであろうか。年譜とはいえあやしいものである。おそらくこれは、親が小皿に分けてやったもりそばを何回もお代りしたこと。ときどき父の背におぶわれながらの往復を、後になって親が、「うちの鏡太郎は四つ（満二歳半）のとき、向山にいきましたが、五里の山道を、けっこう歩きましたですよ、その代り、おなかをすかしたと見えまして……。」などと他人に語るのを、鏡花が、いつか小耳にはさんでいるうちに、いつしか、自分自身の記憶のように錯覚してしまったものではあるまいか。人は、よく、このようにして、第二の記憶ともいうべき追憶を抱くものである。

鏡花は、郷里金沢の幼年時代をつぎのように書いている。

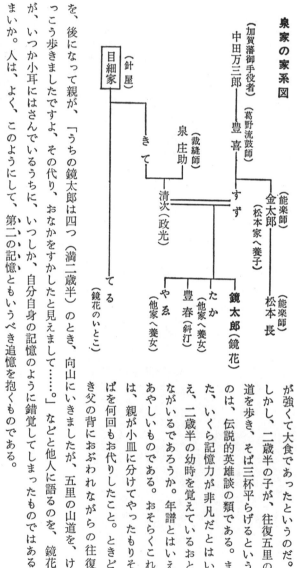

「藁《わら》或は板を以《もっ》て、雪垣を結繞《ゆいめぐ》らせる薄暗き家に閑居して、徒然《つれづれ》に其日《そのひ》を暮す間に、児童は軈《やが》て来らんずる『お正月』の希望に輝ける愛らしき顔を、風に曝《さら》し、雪に撲《う》たせて、仇気《あどけ》なき声々に、『雪は一升霰《いっしょうあられ》は五合《ごんごう》』と手拍子《てびょうし》鳴して囃《はや》しつつ、鬼の如く跳回りて喜べり。」（『北国空』明三八・一〇）

雪投げ、雪だるま作りはもちろん、雪下履《げた》と称して、短かい竹のスキー式のものに鼻緒をつけて、さかんに氷すべりをした。技術を必要とする遊びであった。けがする子も、ままあった。親たちは、口をすっぱくして禁じたが、こどもたちにとっては、快適この上ない遊びであった。それで、とかくこどもたちは、日暮れも知らず、雪の道を走り回るのである。

「児輩《じはい》よ、何ぞ早く家に帰らざる、路は明るけれども、日は既に暮れんとするなり。御身等の母は、好き物を作りて御身等を待つこと久し。好き物とは何ぞ。塩鰤《しおぶり》の糟汁是《かすじるこれ》なり。」（『北国空』）

叱られ叱られこどもたちは、三人、五人、二人と、深々とした藁屋根の奥に吸いこまれていくが、そこには「最も愛すべき雪の夜の炬燵《こたつ》」が、迎えてくれるのだ。

軒に立つ雪女

「天色昏瞢《てんしょくこんもう》として昼も黄昏《たそがれ》の如く、甚しきは日中燈《ともしび》を点ずることありて、手許暗く裁縫に便ならず」（『北国空』）

と、いうように、重苦しい、長い忍従の季節を余儀なくされる北国の生活である。昼間こそ、雪遊びに夢中になるこどもたちも、冬の夜長はさぞもて余したことであろう。しかし、ひっそりと炬燵《こたつ》にうずくまって、しんしんと降り積もる雪の音を聞く鏡太郎の心は楽しかった。いつか、冷めたい、さびしい、それでいて奇妙に美しい幻想の世界に誘いこまれていくからだ。それは、「白きものの美なる精霊」雪女の、朦朧《もうろう》として現われる世界である。

ある夜、重たげな足音が近づいて軒下に止った。玄関の戸を叩《たた》く音がする。「いま開けます。」と、母親の鈴が、二声《ふたこえ》三声《みこえ》応じたが、聞えないのか、なお戸を叩く音は止まない。

雪でおしつけられて重い玄関を引きあけてはいって来たのは、「話上手の伯父様」であった。

やがて、炬燵にはいった伯父様は何かものおじしたように眉をひそめ、鏡太郎に向かって「愛らしき児よ」と、低い声で語りかける。伯父様が、いま泉家の玄関に近づいたとき、そこに輝くように白い着物を着て、同じように白の被衣《かずき》をかぶった、ひとりの美しい女が立っていて、この泉家のようすをうかがっていたという。

女は伯父様が近づいてくるのを見ると、声をひそめて、わたしは大雪の晩には、幼児のいる家の中のようすをさぐって回る女ですが、この家のこどもはどうですか、悪い子ではないでしょうね。この家の母親は、慈愛深い人と見えて、自分の袖でもって、こどものすることをおおい隠すので、わたしには、あの子がいい子か悪い子かわからないのです。あなたは、この家に縁のある人らしい。どうか、あの子のほんとうのことを、隠さずに教えて下さい、といったという。

そして、「話し上手の伯父様」は、おびえて聞く鏡太郎に向かって、

「予は嘗て御身が種々の悪戯《いたずら》を為して、母を困らすを知りたれば、ありやうに打明けんかと一度は思ひしが」、

それもかわいそうだと思い直して、「某《それがし》が甥はよく母の言《ことば》に従ひ、大人《おとな》しく候へば、御褒美をこそ遣《つか》はされ度きものなれ。」と答えてやったという。さすがに鏡太郎が、からかわれてると気づいて笑うと、伯父様はユーモラスに、

「疑ふは休《や》めよ、御身が父と母と姉と与《とも》に、平和なる、幸福なる此の団楽《だんらん》をなし能《あた》ふは、皆この伯父が執《とり》成《なし》に因りて、善き幼子《おさなご》を賞したる、雪の神女が贈なりと。」（以上『北国空』）

とつけ加えて、家族の笑顔を誘う伯父様。鏡花は、こうして、雪の夜の幻想にひたった幼時を懐しく思い出している。

幻想美の形象化も、またロマンチシズムの心情にほかならない。幻想を生み出す雪国の情趣は、先天的にも、ローマン的心情の持ち主である鏡花のイメージの中に、完全に融合されていくのである。

優雅な家系

父の名は清次。彫刻・象眼《ぞうがん》細工を家業としていた。といっても、ありきたりの職人ではない。政光という工名を有して、加賀藩誉れの工匠《こうしょう》なのである。清次は、その上、鼓《つづみ》を好くして、前田侯の席に侍したこともあるという。

母の名は鈴。江戸下谷の生まれである。もともと、生家の中田氏は、加賀の前田侯お抱えの能役者であっ

たから金沢にも縁故が深かったのである。鈴の兄松本金太郎は、当時、名の高い能楽師であった。

金沢は、美術工芸の町だけではない。今日でも茶人千宗室《せんのそうしつ》を祭る月心寺に集る市の名士たち。人口三十万足らずの町に、三百以上もある古寺。加賀友禅発祥の地。美しい蒔絵のほどこされた硯箱《すずりばこ》。九谷焼きの名はあまりにも有名だ。洗練された味覚から生まれた数々の銘菓……。歴史的にも、美術的にも、京都に次ぐ優雅な町なのである。

このような郷土、そして芸術家の家系。鏡太郎は、あまねく美の世界に包まれ、育《はぐ》くまれていった。天才は、一代にしてなるものではなかった。

父親の仕事が、加賀百万石とともに生命を保ってきた彫金芸術に携わっていたということは、「門前の小僧」のたとえどおり、鏡太郎を芸術好みの子に育てていった。とりわけ、絵を描くことが好きであった。後に、目もくらむような絢爛たる、豊かな色彩感による鏡花作品創造の秘密は、遠くこのあたりにまでさかのぼるべきであろう。

しかし、後の鏡花に、決定的な影響を与えたのは、江戸から嫁《か》してきた母親とともに運ばれてきた草雙紙《くさぞうし》の本類であった。

「母が、東京から持つて参りましたんで、雛の箱でさゝせたといふ本箱の中に『白縫物語』だの『大和文庫』『時代かがみ』大部なものは其位ですが、十冊五冊八冊といろんな草雙紙《くさぞうし》の小口が揃つてあるのです。母はそれを大切にして綺麗に持つて居るのを、透《すき》を見ちや引張り出して——但し読むのではない。

三歳四歳では唯《た》だ表紙の美しい絵を土用干のやうに列《なら》べて……。」（『いろ扱ひ』明三四・一）と幼時を回顧している。

降る雪深くとざす北国旧家のいろり端で、感受性豊かなこの少年は、美しい草雙紙本を見つめては、架空《かくう》の現実に魅《ひ》きこまれていったのだ。

母親の鈴も、能楽の家育ち。彼女も、元来多感で夢多い乙女であったのに違いない。彼女は、鏡太郎を生んでからも、近所のこどもたちや、鏡太郎のいとこに当たる少女たちを集めて、草紙の絵とき（解説）をしてやった。年上の少女たちに混って、母の話に聞き入ったことは、鏡花の幼年時代の、もっとも美しくなつかしい思い出として刻《きざ》まれていった。そのためばかりではないが、鏡花文学には、ときに大時代がかった絵雙紙趣味が、露骨に表われてくる。

『照葉狂言』（明二九・一二）などは、全編に、なつかしいあわい郷愁が漂っているが、主人公の母なし児、貢少年が、かれを愛してくれる隣りの若いおばさんに、せがんで聞く「劇中劇」ともいうべき「阿銀小《おぎんこ》銀《ぎん》」の話などは、きわめて草紙的である。

……姉の阿銀は先妻の子で、母のために山へ連れ去られてしまう。腹違いだが仲のよかった妹の小銀は、姉を訪ねて山へいく。すると阿銀は、石で蓋《ふた》をした穴に埋められ、穴には水が滲みてたまっていく。小銀は、なんとかして姉を助けようと、毎晩この山にやって来る。しかし、日、一日と水かさはまして、はじめは返事をしてくれた姉の声も、ついには聞こえなくなってしまう。「姉さんや、姉さんや」と、小銀も穴のそばで泣き伏してしまう、というような、他愛のない継子いじめの話にききほれる貢は、さながら鏡太郎のむかしがそのまま顔を出したといってよいであろう。

ところで、ここで気がつくのは、鏡花作品に顔をのぞかせる被虐趣味である。「照葉狂言」の貢は、年上の少女から愛される少年であるが、これは、鏡花自身の願望でもあった。生まれつきの性格もさることながら、幼くして母に死別した鏡花には、マザー・コンプレックス（母性憧憬）が強かった。愛することよりも、愛されることを喜ぶ受身の愛を願う性情は、無意識のうちに被虐性を伴っていく。『外科室』の女主人公伯爵夫人は、恋人のメスを受けて、白い胸を切り裂かれて朱に染まった。『夜行巡査』のお香は、失恋した伯父の復讐の執念の犠牲として虐待される。『歌行燈』では、薄幸の美女三重が、鳥羽の船頭たちになぶられる身の上話、

「月の良い晩でした。胴の間で着物を脱がして、膚の紐へなわを付けて、倒《さかさま》に海の深みへ沈めます。づんづんと沈んでな、最《も》う奈落かと思ふ時、釣瓶《つるべ》のやうにきりきりと、身体を車に引上げて、髪の雫《しずく》も切らせずに、又海へ突込みました。」

となって表われ、『眉かくしの霊』では、若い人妻が、姑《しゅうと》のために、緋の長襦袢一枚にされて縛られ、村中をひき回される。さらに、六十六歳で発表した『縷紅新草』においてでさえ、美しい織り子が、卑猥《ひわい》な同僚や町の女たちに恥ずかしめを受けて自殺するという話を書いているのである。鏡花文学のロマンチシズムを支える要素の一つとして、被虐の美を取り上げることができるといえよう。

これほど本の好きな子であったが、活版本に触れたのは、明治十三年四月、東馬場養成小学校へ通ってからである。

「難波戦記、左様です、大阪の戦のことを書いたのです。厚い表紙で赤い絵具をつけた活版本なんです。友達が持って居たので、其時初めて活版になった本を見ました。殊にああ云ふ百余里も隔った田舎ですから、それまでは未だ活版と云ふものを知らなかったので……(『いろ扱ひ』)

活字本を読む味を覚えてしまった鏡花は、『水滸伝』『三国志』『呉越軍談』と、手当たり次第に読んでいった。

母の死

明治十五年十二月、かねて病身の母親鈴が、ついに、九歳の鏡太郎やその弟を残して死んでしまった。二十九歳という若さであった。鏡太郎は、信心深い父親に連れられて、たびたび薬師参りをして治癒の祈願をしたが、それもついに空しかった。幼くして、若い美しい母を失ったということは、鏡花文学の詩情の源をたずねるうえに必要なことである。とりわけ初期の作品においては、つねに、美しい薄幸な、男よりは年上の女をかくことによって、潜在的な母性追慕の情を述べた。また、鏡花文学に登場する女性たちは、おしなべて美しく艶やかであるが、しかしそれでいて、奔放なセクシー・ムードを発散させるというタイプとは縁遠い。このことも、あるいは病身のため、肉体を、厚い衣服の奥に秘めて放たなかった母親鈴のイメージから由ってくるものかも知れない。

仏《ぶつ》母《も》摩《ま》耶《や》夫人

明治四十四年というと、鏡花三十八歳のときである。ある日、神戸に居た友人西本某から、兵庫県摩耶山《まやさん》の絵葉書が送られてきた。

「なき母のこひしさに、二里の山路をかけのぼり候。靉靆《たなび》き渡る霞の中に慈光洽《あまね》き御姿を拝み候」と、記されてあった。この便りは鏡花の心を深くうった。「摩耶夫人」の一語が、幼時追憶のよすがとして、なつかしくよみがえってきたからである。

「摩耶夫人」とは、釈迦《しゃか》の産みの母、仏母と呼ばれる人で、安産を助ける仏としても拝《おが》まれている。鏡花の追憶とは、かれが母を失った当時、信心深い父親とともに、この摩耶夫人を詣《もう》でたことをさす。

「十歳ばかりのことなりけん、加賀国石川郡、松任《まっとう》の駅より畦道を半町ばかり小村に入込みたる片辺《かたほとり》に、里寺あり、寺号は覚えず、摩耶夫人おはします。なき母をあこがれて、父とともに詣《もう》でしことあり。初夏の頃なりしよ。里川に合歓《ねむ》花あり、田に白鷺あり。麦やや青く、桑の芽の萠黄に萠えつつも、北国のことなれば、薄靄ある空に桃の影の紅染み、晴れたる水に李《すもも》の色蒼く澄みて……（中略）……唐戸一枚隔てたる夫人堂の大なる御厨子の裡に、綾の几帳の蔭なりし、跪《ひざまず》ける幼きものには、すらすらと丈《たけ》高う、御髪《みぐし》の艶に星一ツ晃々《きらきら》と輝くや、ふと差覗《さしのぞ》くかとして、拝まれたまひぬ。浮べる眼、画ける唇、したたる露の御まなざし。瓔珞《ようらく》の珠の中にひとへに白き御胸を、来よとや幽《かすか》に打寛ろげたまへる、気高く、優しく、かしこくも妙に美しき御姿、何時も、まのあたりに見参《みまい》らす。」（『一景話題』）

若く美しかった母親、気高く優しく賢げな摩耶夫人。いずれも、鏡花のフェミニズムの原型をなすものである。

父の清次が信心家で「僕の幼時には物見遊山に行くといふよりも、お寺詣りに連れられる方が多かつた」というが、してみると、摩耶夫人像に詣でたのも一度や二度のことではなかったろう。鏡太郎が、摩耶夫人像に詣でるについては、もうひとつの楽しみがあった。金沢より、約十二キロ離れたここ松任駅の両側に並ぶ茶店のひとつに立ち寄って、名物のあんころ餅にありつくことであった。

「其処《そこ》に名物を云ふべし。餅あり、あんころと云ふ。……(中略)……伊勢に名高き赤福餅、草津の同じ姥ケ餅、相似たる類のものなり。」(『あんころ餅』)

鏡太郎を取りまく女性たち

摩耶夫人像に詣でたその年の四月、鏡太郎は金沢高等小学校に入学した。しかし、どうしたわけか、一年たたないうちに、ミッションスクールである北陸英和学校に転校した。

「きわめて家貧しかりしためなり」と、手塚昌行編の年譜には記されてある。

外人宣教師ポートルが校長で、その夫人・令嬢もまた、教鞭《べん》を執《と》っていた。「令嬢十八、九、風姿《ふうし》きわめて清楚《せいそ》な」ポートル嬢は、この鏡太郎をたいへんかわいがった。

鏡花作品、『一之巻』から『誓之巻』に至るシリーズや、『名媛記』には、異国の女性をモデルとしたものがある。またかれは、森鷗外の『即興詩人』を一日として読まない日はなかったと告白している。とすると、同じ鷗外の『舞姫』なども愛読したであろう。美少年に配するに、異国の美少女を以てするエキゾシズムは、さぞ、若き日の鏡花の魂をゆさぶったにちがいない。しかし、それ以上に鏡花の感懐をそそったのは、この英和学校のポートル嬢であった。

この間、年上の女性から愛される鏡太郎の性《さが》は、近隣の湯浅時計店の彼より二歳年上の娘しげ子や、いとこのてる子らからも、母のない子として同情され、いつくしまれて育っていった。ふたりとも、鏡花文学には欠かすことのできない女性で、しばしば作品のモデルとして登場してくる。

金沢の武家屋敷と長土塀

湯浅しげ子は、鏡太郎の初恋の女性であった。しげ子は、鏡太郎の心を、それとも知らず他家へ嫁いでいったが、その結婚は失敗であった。後になって、しげ子は、鏡太郎の心をそれと知ると、「それならあの時、なぜ一言鏡ちゃんが……」と、ままならない運命を嘆いたといわれる。鏡太郎がこの初恋の人と再会したのは、明治・大正を遠く越えた昭和も四年であったというから、四十年以上も後のことである。

てる子は、鏡花の祖母の実家、目細家の娘、つまりいとこの関係であった。彼女も、鏡太郎の心に、深い愛の烙印を与えた女性である。

大　手　堀

明治三十八年の六月と十一月の「中央公論」に発表した『女客』は、あるいは告白を尊ぶ自然主義文学流行の影響を受けてか、鏡花にしては、めずらしく私小説的作風で、自伝的要素が強く、ここに登場してくるお民は、あきらかにこのてる子その人である。

明治二十七、八年ころの鏡花は、みずから年譜に記しているように、経済的にも精神的にも絶望のどん底に沈んでいた。幾度か自殺を思い立ったらしい。

「『民さんも知つていませう。あの年は、城の濠《ほり》で、大層投身《みな》者《げ》がありました。』

『確か六・七人もあつたでせう』

『謹さん、もつとですよ。八月十日の新聞までに、八人だつたわ。』

『じや九人になる処だつた』」（『女客』）

ともすれば、濠の中の死神にひきこまれようとする謹さん（鏡花）を、しっかとかかえて離さなかったのは、恋しいお民（てる子）の面影であった。嫁いで、いまでは子もいる民子が、祖母のもとにやってきて、祖母と暮らしているいとこの謹さんと、夜ふけ、しみじみと語り合う一節である。民子は謹さんに早く結婚するようにとすすめる。しかし民子はときどき上京して、祖母に会うとともに、謹さんに会うことを、ひそかに楽しみにしているのだ。

「『何時までも居て下さいよ。最う私は、女房なんぞ持たうより、貴方に遊んで居て貰ふ方が、どんなに可いか知れやしない。』

と我儘らしく熱心に言つた。

お民は言《ことば》を途切らしつ。鉄瓶はやや音に出づる。

『謹さん』

『ええ。』

お民は唾をのみ、

『真個《ほんとう》ですか』

『真個ですとも、真個《まつたく》です』

『真個《ほんとう》に、謹さん』

『お民さんは、嘘だと思つて。』

『ぢやもう、一層。』

と烈しく火箸を灰について、
『帰らないで置きませうか。』」

と、涙ぐみながら向い合っているふたり。

『鏡花小解』においては、

「家まづしきものの、誰も遭遇する市塵の些沫《さまつ》なるべし。然りと雖も……」

とのみ記している。いったい、鏡花は、なにがいいたかったのであろうか。たしかに、初恋の人とめぐり会って、往時をなつかしむという体験は、決してめずらしいことではない。しかし、それらと、自分といとこてる子との愛の記憶は、ひとなみに同じもののように思って欲しくない、と、読者に向かっていいたげなこの一文である。

日本《ひのもと》の東の紅葉先生

明治二十年（一八八七）十五歳になった鏡太郎は、金沢専門学校（後に第四高等学校・現在の金沢大学）を受験した。英語の成績は満点に近かったが、数学の成績が振わず合格できなかった。このとき、同じ会場で机を並べていたひとりに徳田秋声がいた。片や、後に情緒豊かな日本的ローマン主義の代表、片や、後に叙述の平明完璧を讃えられる自然主義の代表作家は、奇しくもひとつ屋根の下にあったのである。もちろん、たがいに相知らぬ間柄である。まして、後年、日本文芸の両陣営の旗手になって対決しようとは、だれが想像できたであろう。

この両人は、その後、相前後して上京、尾崎紅葉の門をくぐる。このことは、たがいに友情で結ばれる糸口ともなったが、後には、たがいに傷つけ合うような憎悪の間柄ともなる。それは、文芸理念の対決にとどまらないで、生活感情にまで及んでのことなのであるが、それは後に述べることにする。

入試に失敗した鏡太郎は、英・漢・数の井波塾に入った。さすがに、英語の力は抜群であったらしく、入塾後、すぐに英語授業の代稽古を依頼された。

入学準備のため、一時ひかえていた読書熱は、ふたたびよみがえってきた。ところへもってきて、貸本屋を利用することを知ったから、読書量はぐんぐん増していった。塾は寄宿舎制であったから外出がむずかしかった。鏡太郎は、夕刻になると、ランプの油を買いにいくと称して外出、町の貸本屋へ走っていった。とはいえ、まさか毎晩油を買いにいくわけにはいかない。それで、ふんどしを外してたもとに納め、夜陰そっと脱出することにした。というのは、先生に見咎められたとき、「洗濯にいきます。洗うものがふんどしですから、ことわりにくくて……」と弁解するつもりの、いわば予防措置であった。

ある日鏡太郎は、貧乏長屋の二階を借りて弟子をとり、英語を教えている友人の許へ遊びにいった。日当りのいい部屋の机の上で、何気なしに取り上げた本は、尾崎紅葉の『二人比丘尼色懺悔』であった。窓ガラスに桃の花の映る、うららかな午後であった。隣りの家からは、機織《はたお》る音が聞こえてくる。ページをめくり、物語の世界にひきこまれていった鏡太郎には、機織る音が、まるで幽玄閑雅な能楽の鼓の音に聞こえてきたのである。「記憶忘れ難し。」と、年譜に記している。

『色懺悔』は、かつて鏡太郎が読んできた絵草紙、明治期の戯作、文章の熟していない硬い政治小説……などと較べると、なるほど、これこそ小説だと思わせるなにかがあった。近代文学に接した喜びであった。かれの生涯を方向づける紅葉との出会いが、ここに始まったのである。

明治二十二年というと、小説神髄が出たわずか四年後のことである。

「小説の主脳は人情なり。世態風俗これに次ぐ。人情とはいかなる者をいふや。曰く、人情とは情欲にて所謂《いわゆる》百八煩悩これなり。」

として、人間心理の客観写実につとめることが近代小説であるとする坪内逍遙の『小説神髄』が発表されたのは、明治十八年であった。明治文学史年譜を見ても、幸田露伴・森鷗外らの名もようやく見え始めたとはいえ、しかし、後世に名を残すほどの傑作はまだ生まれていない。つまり、近代文学は、まだすっかり朝にはなりきっていない時代であった。

その年の夏、鏡太郎は、辰の口鉱泉の叔母の家で、偶然手にした一枚の「読売新聞」に、同じく紅葉の『夏痩』を発見、その一節を読んでふたたび感動した。「よし、わたしも小説を書いてみよう」という気持ちを持ちはじめたのも、このころのことであった。

しかし、ますます旺盛になっていったかれの読書欲を充たすためには、本はあまりにも得がたかった。図書館設備のない時代であるから、せいぜい貸本屋に頼る他はない。そしてそれは、乏しい鏡太郎の小づかいでまかないきれるものではなかった。すると、母のない鏡太郎を憐れみ愛したこの叔母と、娘の小分は、自分たちの小づかいを、貸本の見料として補助してやった。母が無かったということもあろうが、鏡太郎は、行くさきざきで、年上の女性たちに愛されているが、それは、かれ自身の持って生まれた天性というべきであろうか。

ついに、作家への悲願を思い立った鏡太郎は、筆を執り、机に向かう時間が多くなっていった。『八文字』その他、習作の二、三編をものにしている。その一方、紅葉崇拝熱は、日ましに高く燃え上がっていった。後に、かれはその当時を回想して、

「憶起《おもいおこ》す、故郷にて色懺悔《いろざんげ》を読みし時より、我日本の東には尾崎紅葉先生とて、文豪のおはするぞ、と崇敬日に夜に止む能はず。」（『初めて紅葉先生に見えし時』明四三・二）と、記している。

絶望と執念と

——玄関番時代——

上京はしてみたが

明治二十三年（一八九〇）十七回目の誕生日をすごした十一月二十日。小説家志望の止みがたくて、ついに鏡太郎は尾崎紅葉をたずねるために上京した。しかしこの上京を、父親の清次や、母代わりの祖母きてが、手放しで賛成したとは思えない。

「その時分、小説といふものは、今日世間で思つているやうなものではなかつたので、それでも大決心

であったに違ひありません。親類縁者、一門一類も大袈裟ですが、其の人たちから見りや、今時の俳優《やくしゃ》になるより呆れたでせうからね。第一檀那《だんな》寺の和尚さんが驚いた。……（中略）……小説を書いて飯を食はうなどとは、とんでもない不心得な事でね、小説を書くのは勿論《もちろん》、読むことさへも恐しい堕落だといふやうに思つて居りました。」（『新春閑話』大七・二）

おそらく鏡太郎は、肉身縁者の反対をおしきっての上京であったろう。しかし、雪の多い金沢育ちの瞳に映じた首都は、あまりにも巨大ではなやかであった。東京へ着いたら、ただちにその足で紅葉の門を叩くはずであったのに、すっかり気おくれした鏡太郎は、あれほどの固い覚悟も挫けてしまった。

尾崎紅葉

「最初の考へでは新橋へ着いたら直ぐにも先生のお宅へお尋ねして願つて見よう、と思つたのでしたが扨《さ》て着いて見ると田舎者の悲しさに中々そんな勇気は出はしません。今日はお尋ねしよう、明日はお伺ひしよう、と心組ばかりは夢にも忘れはしませんでしたが、さうかうしている内に何時か一年許りといふものの空しく経つて了ひました。併しさうかと云つて他に当てがあつて来た訳ではないのですから、学資と云つては素

より用意も無し其の難渋さつたらありませんでした。」（『紅葉先生の追憶』大八・七）

上京したにもかかわらず、鏡太郎が、紅葉訪問の初志を果たしたのは、なんと一年先のことである。

東京に来てしまった鏡太郎は、衣食にこと欠くのはもちろん、心を安めて宿る場所にさえ不自由をした。あるときは友人と同宿、あるときは、落第医学生の巣のような貧乏小屋に雑居したり……というありさまで、半歳たつうちに、早くも下宿を転居すること十回以上に及んだ。

「宗吉は学資もなしに、無鉄砲に国を出で行き処のなさに、其の日ぐらしの人たちの世話になって辛うじて雨露をしのいでゐた。其人たちと言うのは、主に懶惰《らんだ》、放蕩《ほうとう》のため、世に見捨てられた医学生の落第なかまで年輩も相応、女房持なども交つた、中には政治家の半端もあるし実業家の代言、山師もゐたし真面目《まじめ》に巡査になろうかと言ふのもあつた。」（『売色鴨南蛮』大九・五）

とは、作品を通して見る鏡太郎苦闘の一年である。しかし、この歳月が、後に作家となった鏡花のためには、よい経験となった。市井の片隅にひそむ庶民の暖い人情にも接したであろうが、このことは、侠気を売りものにする気っぷのよい江戸市民気質を賛美するかれの作風にも結びついていった。

上京した鏡太郎の苦しい生活を知った郷里の幼な友だちは、初志を達しないで金沢へもどってくるのは辛いだろうが、食べていかれないのならやむを得ない。「一旦ここは、国へ帰つて徐《おもむ》ろに再挙を計ったらどうか」といってきたのも、このころのことであった。

残念ながら、この上は郷里へ引きあげるほかはあるまいと、心も動きかけたときであった。運よく知り合いの医学生が、紅葉の親類の家に下宿しているということを聞いた。この機会を逃しては、まず永久に紅葉には会えないであろうし、作家となることもまず不可能だと思った鏡太郎は、その医学生を通して、紅葉の縁者に、紹介状を書いてもらったのである。

紅葉との初対面

十月十九日、鏡太郎は、東京牛込横寺町の一角にやってきた。思えば、あれほど固い決意で紅葉を訪ねるつもりだったのにもかかわらず、ついつい気おくれしたばかりに、ずるずると、一年を棒にふってしまったのだ。今度こそ、ためらうことなく尾崎家の門をくぐろうと、きつく心にいいきかせてやって来たはずである。それなのに、またしても、冠木門《かぶきもん》の尾崎の標札を見たときには、胸が高鳴って足がすくんでしまったのだ。ふと、われに返ったとき、かれは、いつのまにかとなりの露地を折れ曲がっている自分自身を発見したくらいである。鏡太郎は、しばらくは、どこの家のものとも知らない杉垣のかげに、身を寄せるようにしてたたずむのであった。そんな自分が、ふがいなくなさけなかった。ここで紅葉に会えなければ、作家となることは、ついに見果てぬ夢として終わるのだ、と強く自分を叱りつけた。

あらためて衣服の襟を直した鏡太郎は、まるで決闘場に乗りこむ剣士のように体を硬直させて門をくぐった。

門の内を、二、三十歩ほど歩いていくと、格子戸のくぐりがあった。玄関に立ちこの上はためらうことなく声をかけた。返事はなかったが足音がして、やがてひとりの老女が出てきた。あいさつをして、紹介者の名刺をさし出すと、老女は一旦奥へひっこんだ。

しばらくすると、老女がまた現われ、玄関の次ぎの間の八畳の座敷へ通された。老女は、

「一服してお待ちになって下さい。」

と、たばこ盆を出してほほえんだ。それで鏡太郎の固い気持ちもほぐれた。

「此の時此の日、空晴れて、小春日の朝うららかに、庭樹の梢に雲もなく風爽《さわやか》に天澄みぬ。

明治二十四年十月十九日午前八時三十分。」

と記したのは、『初めて紅葉先生に見えし時』と題して、「新小説」(明四三・一二)に寄せた一文である。

鏡太郎は、金沢の公園蠑螺《さざえ》山を思い出させるような螺旋《らせん》の階段を上っていった。

紅葉、ときに二十四歳。五分刈りの頭髪、絣《かすり》の羽織を着ていた。鏡太郎にとって、紅葉は神のような存在であったから、改めて対坐すると、その威厳に打たれて、深く首をたれたままであった。

紅葉は、顔を赤らめて、口もきけない鏡太郎に、

「こちらへ来て大層困つてゐるやうな話だが、本でも少しは読めたか。」

といった。鏡太郎はおどおどしながらも、作家修行の覚悟で上京したが、なかなか読書のひまがなかったこと。二度ばかり図書館へ通ったが、本が多すぎてどれを読んでよいものか、目移りがして、結局一冊も読めなかったこと。なによりも、食うに困ってしまったので、郷里へ帰ろうと思ったことなどを話した。そし

て、

「せめて先生のお顔だけでもと存じましたが、お逢ひ下さいました。私はもう思ひ残す処なく国へ帰れます。」（『紅葉先生の追憶』）とだけいった。

するとお紅葉は、涙ぐむばかりの、この少年の顔をじっと見つめていたが、

「お前も小説に見込まれたな。」

と、笑っていった。しかしそこには、文学に執着する者にのみ通じる共感がこもっていた。そして、「都合ができたら世話をしてやつてもよい。」と、いった。思いがけないこの一言で、鏡太郎は夢みるような感じがした。天にも登る気持ちというのであろうか、自分の名前、住所を告げることさえ、危うく忘れるところであった。

翌日、鏡太郎がふたたび尾崎の門をくぐると、紅葉は、

「狭いが玄関に置いてやる。荷物を持つて来い。……夜具はあるまいな。」

といった。

のちに鏡花は当時を回想して、師のこのことばは、実にありがたかったといっている。

「どうでせう『夜具は持つてゐるか』と訊かれたとしたら誰だつて『ございません』とは云へないでせう。否、到底云へたものぢやありません。『持つてゐまいな、あるまいな』と云はれるのだから『ございませぬ』が、余り云ひにくくなく云へるやうなわけです。私は無論持ちませんでした。で、其の日の夕方

小さな机と本箱を持って玄関へ行きました。」(『紅葉先生の追憶』大八・七)

思いがけない幸運をつかんだ鏡太郎の喜びは、このことを、さっそく郷里の父親に報じた十月二十五日付の手紙(『資料・泉鏡太郎父宛書簡』――「明治・大正文学研究二十号」)によってうかがうことができる。要約すると、つぎのようである。

「わたしは、年ごろの望みがかなって、この二十日から、紅葉先生方にお世話になることになりました。これで将来に希望をつなぐことが出来て、生気甲斐ある毎日をすごしています。この上は、一心に作家修行をする覚悟です。

作家の仕事というものは、天下に誇るべきことで、亡くなった母上のお墓に対しても、決して恥ずかしいことではありません。はたで、とやかく悪口をいっても、気になさらないで下さい。」

硯友社

近代小説論として、文学史の一ページを飾った坪内逍遥の『小説神髄』が出た明治十八年、当時大学予備門の学生であった尾崎紅葉は、山田美妙とともに硯友社を組織して「我楽多文庫」を創刊した。川上眉山や、巖谷《いわや》小波《さざなみ》もやがて加わった。根っからの都会人であるかれらは、浅薄な文明開化の思想風俗に反抗して、洗練された感性によって、江戸情緒にもつながる都会趣味的な作品を書いていった。

紅葉は、後に元禄の文豪井原西鶴に親しみ、『二人比丘尼色懺悔』(明二二年)によって作家の位置を築いた。さらに紅葉は、外国文学の翻案を試みたり、言文一致の文を書いたり、その作風はつねに変遷していったが、急速に近代化していくこの時代にあっては、やむを得ないことであった。かれの絶筆となった『金色夜叉』は、地の文は文語体、会話は口語体という奇妙な混合文体であった。これが過渡期の読者の感覚にちょうど適合したと見えて、新聞小説としては異例の大成功をおさめた。名実ともに、当時硯友社の頭領格であった。その弟子には『恋慕流し』(明三一年)の小栗風葉、鏡花に半歳ほど遅れて入門した柳川春葉、さらに五年ほど遅れて上京した、鏡花と同郷の徳田秋声などがいた。これら四人を、世間では紅葉門の四天王と呼んでいた。なお、田山花袋なども、紅葉の引きで文壇に出ようと、一時はしきりに尾崎家に近づいたが、紅葉からあまりいい顔をされなかった。花袋はその後、反硯友社の立ち場をとり、やがて「蒲団」によって自然主義文学の作家となっていった。

しかし、鏡太郎が紅葉の門を叩いたのは、かならずしも硯友社の作風を慕ってのことではなくて、日本を代表する作家尾崎紅葉その人の魅力を慕ってのことである。

尾崎邸の玄関番をしながら、師の小説観を聞いたり、師の原稿の浄書をつとめたりするかたわら、かれ自身も習作といわれるもののいくつかを書きためていった。紅葉とは、一つ屋根の下で生活するのであるから、小説作法はもちろん、生活感情や趣味に至るまで、師の影響を受けていくことになる。もともと鏡太郎は、愛するより愛されるという受身の性が強いから、なおさらのことであった。それでいて、生涯、時の流れ、新思想、文壇の動き……に対して、ほとんどふり見ようともしなかったかれ。それは、たとえていえば、自分が母から教えられた味噌汁の作り方や、その味を、唯一のものであると信じこんで、あえて改良を拒む女性の保守性とも相通ずるものがある。

鏡太郎が、師から与えられた影響の第一は、硯友社的な感覚による発想、江戸趣味的な筆で、人情・風俗を描く態度などである。しかしかれの江戸趣味は、今にはじまったことではない。もともとかれの資質には、いい意味にも悪い意味にも都会的感覚が多くふくまれていた。また、その幼時、母親鈴の書箱からとり出して見た草雙紙によってはぐくまれていったということもあるし、さらに、若く美しいままに死んでいった母への慕情が、そのまま、母の郷里である江戸への慕情と連なっていったこと、なども理由としてあげられる。男の子にとって、母親の里というものは、この上ない甘美な憧憬を抱きがちなものである。

とはいえ、鏡太郎の江戸趣味は、なかなか作品上には現われてこなかった。

鏡太郎の原稿が活字化され市場に出たのは、思いのほか早かった。紅葉門に入って二年足らずの、明治二十六年(一八九三)二十歳の五月、「京都日出新聞」に畠芋之助のペンネームによって、『冠弥左衛門』を連載したのである。同じ硯友社の仲間、巖谷小波の斡旋によるものであった。

『冠弥左衛門』は、江戸趣味の産物といえないこともないが、しかし、ほんとうの意味でのそれにはほど遠い。というのは、都会的な洗練された美意識によるリアリズムが見えないからだ。不自然でご都合主義的なすじ立てばかりにのみ、江戸草雙紙の影響が見える。草雙紙は、素朴・低俗だが江戸趣味の一種といえないこともない。しかし、紅葉が愛し、後に永井荷風が価値を見出したところの江戸趣味とは、もっと高次の、洗練された都会的感覚による美意識によって支えられるものであった。

『冠弥左衛門』の主人公霊山卯之助は、女装して悪玉の世界に乗りこむが、これは、草雙紙『白縫姫』の主人公若菜姫が男装して活躍する話からとったと思われるし、テーマは、ありきたりのお家騒動で、正義の美剣士が悪玉相手に大暴れするという他愛のないものであった。あるいは幕末の河竹黙阿弥の作品に女装のお嬢吉三や弁天小僧が登場する趣向などの影響もあったろうか。

この作品は、四十回ほど連載されたものの、実は、中途で危うく連載中止の憂き目を見るところであった。というのは、この作品に対する不満が、新聞社から巖谷小波宛てに、なんと十九通も届いていたのである。読者が減る一方で困っている、早く連載を止めてくれないと困る。それでなければ、だれかほかの作者と代えてほしい、このままでは読者に対して申しわけない、とまでいってきた。

巖谷小波は、やむなく紅葉にこの事実を告げた。しかし紅葉は、ここで鏡太郎にこのことを伝えては、作家としての前途に失望するかも知れないと心配して、なんとかかんとかいって書きつづけさせ、結局このことは、最後まで鏡太郎の耳には入れなかった。

なお鏡太郎は、この作品に畠芋之助のペンネームを使ったが、その他、白水楼・草紙楼または鏡花小史なども署名している。鏡花という名の由来は、師によってつけられたものとされている。いずれにしても、これからは、作家としての伝に入るので、鏡花の名によって書いていくことにする。

愛弟子

このようなわけだから、鏡花はまだまだとても一人立ちの作家となるには覚束なかった。しかし、それはそれとして、この玄関番時代は、鏡花にとって生涯忘れられない時代であった。尾崎紅葉にこよなく愛されたからである。

鏡花が、尾崎家へ住みこんだ当座は、何分いなか者であったから、失敗も多かった。くさやの干物を、腐っていると思ってごみ箱へ捨ててしまったり……、紅葉から大福餅を買って来いといわれ、紅葉がつねづね老舗《しにせ》からとった大福を食しているとも気づかないで、近所の露店のものを買って来て叱られたり……という具合である。

ある日、とつぜん紅葉から、

「いっしょに来な！」

と、例の江戸前のぶっきらぼうな調子で命じられた。いつものように風呂屋へでも行くのかとついていくと、向島《むこうじま》の百花園へ、ということであった。

鏡花は、懐手をしながら、花園を歩む、いかにも江戸っ子らしい通人の師の姿に見ほれながら、ついていった。

「芙蓉の雲に入ったやうな気で、萩桔梗《はぎききよう》の中の、先生の姿に見惚れながら、園をめぐつた。人ごみを避けた静かな椅子に休まれた。……紫苑の影も可懐《なつか》しい。『其処にあるのが確か寿星梅と言ふんだ。札を見な、——これが名物だよ。』梅干でお茶を相伴《しょうばん》。小さい銀貨のお茶代で、それから土手を歩いて吾妻橋を

渡った。」（『入子話』大一一・一〇）

といっている。師の紅葉こそは、鏡花の信奉する江戸趣味の象徴であった。

向島を出た二人は、鉄道馬車で上野へ行った。馬車を下りると、水月という汁粉屋があった。注文すると、小皿に塩あん一個と、小倉あん二個が載っていた。「食べな。」と紅葉はいって、自分も塩あんの方をつまんだ。食べ盛りの鏡花は、お代りを含めて三つ平らげた。

そこから二人乗りの人力車に乗った。料金は十二銭。鏡花は、師の隣りの座席に小さくなりながら、しかしその心は、天下の文豪と並んで、町行く人たちに「なんとかこの様子が見てもらいたい。」とばかり、大きくふくらんでいった。そんな鏡花の心を知ってか知らないでか、紅葉は、「二人乗りに、そんな乗り方をしちゃいけない。」と笑いながらたしなめたりした。

紅葉夫人は、お彼岸というとお萩を作った。鏡花には、それが楽しみであった。こんな日には、後輩の玄関番柳川春葉《やながわしゅんよう》、同じ門下生の小栗風葉なども遊びに来て、手作りのお萩に舌つづみを打った。若い人たちだからという紅葉夫人の心づくしで、お萩は特製の特大である。柳川春葉は、後に相撲とり谷の音らと丼酒の飲みくらべをしたほどの左ききであったし、小栗風葉も、そろそろ酒の味を覚えはじめたころなので、甘いものの方はついもてあまし気味である。結局、仲間が残したものも、鏡花が全部食べて、都合十個ほどを平らげてしまった。今とちがって、のんびりとした時代のお萩だから大きいのが普通、その上、特製だというから、おとなの握りこぶしほどはあったろう、それで、このことは、後々まで尾崎家や、硯友社仲間の話題となってからかわれた。

「いや、萩の餅そのものより、おあんばいがよかつたのであらう。何しろ甘かつた。」（『入子話』）とは、当時を追憶してのことばである。

しかし鏡花は、どちらかというと、食欲も性欲も一般青年のようにはげしくはなかったらしいが、「唯一つ非常に欲しいものがあつた。それは煙草だ。」といっている。鏡花は、食事だけでなく着物まで紅葉の世話になったうえに、毎日五十銭の小遣いをもらっていた。当時の五十銭だから、小遣いとしては少ない方ではなかったが、その中から、原稿用の紙を買い、その残りでたばこを買うのでは、とかく不足がちであった。というのも、たばこの量が多かったからである。

尾崎紅葉、ときに硯友社の頭領であり、天下の文豪、とはいっても、まだ二十四歳、現在ならば、大学を出たそこそこの年齢である。鏡花の目にこそ、神さま仏さまぐらいには見えたであろうが、その逸話のかずを聞くと、稚気があってほほえましい。鏡花を相手にして「メンコ」をしたり、運動のためだと称して、遊びにやってきた硯友社の仲間をつかまえて、剣道のまねごとなどをやったり……。とりわけ雨の日には、畳試合といって、座敷の中でまで竹刀を振り回す始末で、これには、紅葉夫人からも、だいぶ苦情が出たらしい。また、正月には、きまって紅葉の凧上げの手伝いをさせられたりしたが、凧の尾が墓石にからまったりすると、紅葉はかんしゃくを起こして、

「おい泉、その墓石を倒してしまへ。」などと、どなったりしたという。

金沢市内犀川付近

若いうえに、江戸っ子気質の紅葉だから、いや味や悪気はなかったであろうが、鏡花にとっては辛いこともあったであろう。しかし、師を絶対と尊崇するかれは、どんな叱声でも罵声でも、ありがたく拝聴するという気持ちが強かったので、この玄関番時代は、後に思い出して、楽しくなつかしいものであった。

望郷の哀しみ

明治二十六年八月、鏡花は脚気を患って、療養のため一時帰郷しなければならなかった。ところが、これがけちのつきはじめで、生涯を通じて最大の苦境を迎えることになる。二カ月ののち、ふたたび鏡花は上京する。しかし、当時、泉家はいよいよ貧しく、そのため上京する汽車賃さえ得ることが出来なかった。都合のよいことに、紅葉が京都を遊覧中であったので、いったん京都へ赴いて、汽車賃の補助を受けた上で東京に向かった。

ところが、翌年、正月の門松がとれると早々の一月九日、金沢の父、清次が病死した。ふたたび鏡花は、あわただしく帰郷した。帰郷後の鏡花は、もう小説どころではなかった。あまりにも年老いた祖母と、幼い弟豊春を抱えて、その日の食事にもこと欠くさまであった。

父親の清次は、旧幕時代からの、前田侯お抱えの金銀細工師であったとはいえ、そのような個人の手工芸は産業資本の攻勢にはひとたまりもなかった。名人芸は、高く評価されたとしても、しかし、量産するのでなければ収入は乏しい。泉家の貧乏は年ごと日ごとにきびしくなっていった。とりわけ、父親清次は、がんこで名人肌の人で、人にはうやまわれながら、一方、時代の推移には無頓着で、経済力も乏しかった。遺伝的な立場で見れば、鏡花の前時代的な芸術至上的な文芸意識は、父親の清次に負うところであったのかも知れない。

鏡花は、もちろんこのような父親を敬愛していた。それゆえ、極貧の生活はもちろんのことだが、父親を失ったという衝撃はさらに大きかった。そして鏡花は、父ゆずりの芸術家肌の人間であったから、実務系に描く、生活力があるというタイプではない。物心両面にわたって追いつめられたかれは、しばしば自殺することさえ思い立つに至った。この期間の消息は、後の作品のいくつかに取り上げられてはいるが、『女客』(明三八・六)や、晩年の『縷紅新草』(昭一四)などからもうかがうことができる。

「向う遙かな城の森の下くぐりに、小さな男が、とぼんと出て、羽織も着ない、しよぼけた形を顕はすとともに、手を拱き、首を垂れて、とぼとぼと歩くのが朧《おぼろ》に見える。糧に飢えて死なうとした、それがその夜の辻町である。」(『縷紅新草』)

この辻町こそ、鏡花その人がモデルであったたし、

「切羽《せっぱ》詰つて、いざ、と首の座に押直る時には、たとひ場処が離れて居ても、屹と貴女の姿が来て、私

を助けて呉れるつて事を、堅くね、心の底に、確に信仰して居たんだね。」（『女客』）

ともあるが、この「私」とはもちろん鏡花で、「貴女」とは、前にも述べた、いとこの目細家のてる子であろうと思われる。

ところで鏡花は、後年「金沢の自然風物はなつかしいが、人間はきらひだ。」といっている。おそらく郷土の人たちは、鏡花が長男でありながら窮乏に陥っている泉家を救おうともせずに、父の死に至るまで、在京していたことを非難したであろう。また、親族縁者は、父の死後になって、おめおめと帰ってきて、生活力もないくせに、芸術だとか、文学だとかを口走って、気位ばかり高い鏡花を気障なやつと、冷ややかな目で見たことと思われる。鏡花の金沢ぎらいは、こんな所に根ざしているのではあるまいか。

室生犀星詩碑

由来、文学者にとっては、郷里はやるせないほど懐旧の情をそそられる所である。にもかかわらず、かれらは、一様に郷党の人から嫌悪されている。

鏡花と同郷の詩人室生犀星は、「故郷は遠きに在りて思ふもの」とうたい、なつかしむ所ではあるが、たとい、うらぶれて乞食になろうとも、帰るべき所ではない、と決意している。

石川啄木は、「石をもて追はるる如く」犬のように尾を垂れて渋民村を離れた。

さらに、萩原朔太郎は、『郷土望景詩』の序文において、

「いま遠く郷土を望景すれば、万感胸に迫つてくる。かなしき郷土よ。人々は私に情《つれ》なくして、いつも白い眼でにらんでゐた。……中略……。あはれな詩人を侮辱し、私の背後から唾をかけた。『あすこに白痴が歩いて行く。』さう云つて人々が舌を出した。」

と記している。

ところで、視点を変え、郷里の人々の目に映じた鏡花は、どうであったろうか。

「鏡花自身が、『金沢の土地は好きだが、金沢の人間は嫌ひだ。』と、公言してゐた由、この気分が郷里に反映したものか、或ひはどちらが先きか分らないが、失礼な申分ながら金沢では割合鏡花は買はれなかつた。」「同郷人として、秋声・作次郎（加能）、犀星等には何れも一回や二回、相会ふ機会を持つた私も、『金沢人は大嫌ひだ』と明言してゐる鏡花の門を敲く勇気はどうしても出なかつた。しかし今となつては『本当に、金沢人が嫌ひなのか』どうかの返事を、鏡花自身の口から聞き得なかつたのは残念である。」

「……其本当の性質は、やはり――私達金沢人にとつて嬉しいことには――金沢人特有のものがあるやうである。」（以上真江初雄『金沢人の見た鏡花』）

所詮《しよせん》、芸術とは創造の営みであり、それは概念的なもの、世俗的なものを打ち破ろうと働きかける個性の

挑戦である。したがって、単なる世間人・生活人との対立は、芸術家として避けられない宿命であるのかも知れない。「望郷」ということばの持つひびきの中には、郷土をこよなく愛しながら、しかも、郷土に帰ることを許されない者の、やるせない哀感がある。

危機

しかしながら、こういう困苦と絶望の中にあっても、作家の魂はいまだ目覚めていた。父の死後、家の中の整理をつとめながら、また、幾度か死を思いながらも、一方では『義血侠血』(『滝の白糸』)、『予備兵』『夜明けまで』『貧民倶楽部』等を執筆して、紅葉のもとに送ることを忘れなかった。

しかし、書いても書いても、腹の足しにはならなかった。ある日鏡花は、偶然、新聞屋の前を通りかかって、そこに掲示されている「北陸新報」の紙上の小説欄に目を止めた。ここには、前年「京都日出新聞」に連載した『冠弥左衛門』が載っているではないか。自分の作品が、はじめて新聞小説として掲載されたときのあの喜び、それが今となっては、遠いむかしのようにも思えるのであった。しかし、それでもさすがに懐しかった。だが、新聞をとることさえできない家計の貧しさであった。鏡花

滝の白糸の碑

は、毎日、この新聞屋の掲示板に出された自分の小説を立ち読みしてすごした。「京都日出新聞」では、あれほど悪評であったのにもかかわらず、地元の金沢では評判がよいのにおどろかされた。

ある日、鏡花は、直接北陸新聞社を訪れた。鏡花は社の人に、わたしは『冠弥左衛門』の作者である。ここしばらく小説を読ませてもらっているが、校正などのまちがいも大分あるようだし、かねて、訂正したいと思っている箇所もあることなので、一度原稿を見せてもらえないか、もちろん、なんの報酬も望むところではないと、ていねいに話を持ちかけたのである。しかし、内心では、これを機会に、なにか新聞社の仕事、または原稿でも依頼されないであろうかという、ひそかな願いもあった。ところが、返事はあまりにもそっけなかった。あの小説は、京都日出新聞と、直接取り引きしたものであるから、他にはいっさい関係ないはずだと、けんもほろろに追い返されたのである。鏡花は、惨めな気持ちになって新聞社を出ていった。

さて、この期間に書いた『夜明けまで』(後に『鐘声夜半録』と改題)が、東京の紅葉のもとに届けられると、紅葉から、ほとんど折り返しのように手紙がきた。さすがに紅葉は、作家であり、そして鏡花を愛すること深き師であった。この『夜明けまで』が、愛弟子のどういう境涯において書かれた作品であるか、さらに直感的に、愛弟子の身の上に生涯の危機が迫っていることを覚った。

紅葉の手紙の文面は、わが子を鞭うつ、きびしい慈母のおもむきがあった。

「……今日の書状を見れば作者の不勇気なる貧窶《ひんろう》の為に

攪乱されたる心麻の如く生の困難にして死の愉快
なるを知りなどと浪《みだり》に百間堀裏の鬼たらむを冀《ねが》ふ
その胆の小なる芥子《けし》の如く其心の弱きこと苧殻《おがら》の如し……」

という烈しい語気で叱り、さらに作家たるものの心がまえについて獅子吼《ししく》している。

「苟《いやしく》も大詩人たるものは、
その脳金剛石の如く火に焼けず水に溺れず
刃も入る能はず槌も撃つべからざるなり、何ぞ
況や一飯の飢をや。汝が金剛石の脳未だ光を放つの時到らざるが故に天汝に苦楚の沙と艱難と砥とを与
へて汝を磨き汝を琢くこと数年にして光明千万丈赫々として
不滅を照らさしむが為也汝の愚痴なる箇宝を
抱くことを暁《さと》らず自《みずから》悲み自《みずから》棄て、
隣人の瓦を撃《あ》ぐるを見て羨む志、卞和《べんか》にして楚主を兼ぬるものといふべし。
汝の脳は金剛石なり。金剛石は天下の至宝……」

と叱咤して、文末に

「近来費用つづきて小生も困難なれど
別紙為換《かわせ》の通り金三円だけ貸すべし

倦ず撓《たゆ》まず勉強して早く一人前になる
やう心懸くべし。
五月九日　　　　紅葉」

と、書き送ってきた。

結論すれば、鏡花は幸福であった。しばしば投身自殺を遂げようとして百間堀にさまよいながら、あるときは、いとこの目細てる子のおもかげに救われ、いままた師の温情に接したのである。

こうして危機を脱した鏡花を、さらにあたたかく、しかし、よりきびしく、鞭のように叱咤してかれに起死回生の機会を与えたのは、思いがけず年老いた祖母のきてであった。たとい、てる子のおもかげ、師の温情があったとしても、この祖母の適切な助言がなければ、文学史上に泉鏡花の名を留め得なかったであろう。

かつて、明治二十三年の上京は、少年らしい野望に燃えてのことであった。しかし、四年後、すなわち、明治二十七年秋、二十一歳になった鏡花の再度の上京は、……まさに、文学の他にわが道なし、生涯をこれに賭ける……との捨身の上京であった。

こうして、新人作家泉鏡花が文壇に登場することになる。

抵抗するロマンチシズム

――新進作家時代――

観念小説

鏡花が、文壇にデビューしたという意味においての処女作『夜行巡査』は、明治二十八年(一八九五)四月に発表された。

かれの心中に、この作品のテーマが浮んだのは前年の九月であった。そのとき鏡花は作品の舞台を牛が淵にとろうと思って、師の紅葉に暇をもらって、ぶらぶらと歩き出した。まだ残暑の季節であったから、英国公使館のそばの柳の木影でいこって、さまざまに作品の工夫をこらした。半ばできたようなできないようなままに空腹をおぼえ、麴町三丁目のそば屋で昼食をとって、ふたたび横寺町の師の家にもどってきた。脳裡に浮んだストーリーは、かれ自身を有頂天にさせた。そして、同じ玄関番の柳川春葉に、作品の構想を話したのである。話をしながら、鏡花は、相手の春葉が、どんな反応を示すかと、ひそかに顔色をうかがったが、春葉はほとんど無表情であった。その翌日から、鏡花は執筆をはじめたが、半ば書いたところで行き詰まってしまい、書きかけの原稿を投げ出してしまった。

翌年、二十八年の二月、鏡花は、紅葉宅を去って小石川の戸崎町に住む硯友社同人大橋乙羽の宅に住むことになった。というのは、国許に置いてきた祖母と弟のもとに仕送りをする必要からであった。当時、大橋乙羽は、和洋百科全書の編集に当たっていたので、それを手伝うことにしたのだ。この仕事のかたわらで、鏡花は、昨年未完成のままであった『夜行巡査』の後半を、書き足していった。

「……だから前の半分は師匠の原稿用紙で後の半分は唐紙の原稿用紙、翌る二十八年に出来上ったのです。其頃文芸倶楽部はお歴々のお揃ひで、我々の出る幕ではなかったのだが、そこは乙羽君の贔屓分《ひいきぶん》で出してやらうと云ふ事になり其四月のに掲《の》りました。」（『処女作談』明四〇・一）

鏡花は、完成した『夜行巡査』の原稿を、さっそく柳川春葉に送った。ひそかに賞賛の手紙を期待していたが、ただ「拝見した」とだけいって送り返してきた。やっぱり、作品としては成功していなかったのか、と憂うつになった。また、たまたま、乙羽の同僚の博文館の編集員たちと同席したとき、手許にあった『夜行巡査』を読んでもらった。だが、かれらの顔色にも、なんの反応も表われなかった。それで鏡花は、不平というよりも、その拙さを恥じ入るような気持ちになって、その晩は眠れなかった。

鏡花は、すっかりしょげ返ったままで数日をすごした。その日、大橋宅の奥の廊下で、乙羽の妻に出会ったが、彼女はきげんよく、

「貴男は、今度「文芸倶楽部」に『夜行巡査』をお書きになったそうですね。」

といった。すっかり自信をなくしていたときであったから、鏡花は、うつむいたまま、あやふやな返事をすると、

「私はね、今少し用があって一葉さんの処へ行って来ましたが、それを見て近頃にない大変面白いと思

って読みましたって、お夏さんが賞めてましたよ。」

と励ますようにいってくれた。お夏さんとは樋口一葉のことである。一葉は、二十五年あたりから作品を発表してはいたが、この年の一月『たけくらべ』を「文学界」に発表して以来、急速に女流作家としての文名が高くなっていた。その一葉が賞めている、というのを聞いて、鏡花の憂うつはいっぺんにふっとんでしまったのである。

この後、鏡花の文壇進出は、ほぼ一葉のそれと雁行していった。心中ひそかに彼女をライバル視していたが、その才能には、深く敬服していたようである。

このように思っていた一葉の『たけくらべ』が、文学界の権威と目されていた森鷗外をはじめ、文壇こぞっての賞賛を受けるようになると、鏡花もまた、翌二十九年には、『たけくらべ』同様みずからの幼年期に取材した『一之巻』から『六之巻』『誓之巻』『照葉狂言』など、一連の作品を発表するに至った。

鏡花にとって明治二十八年は、終生忘れられない年であった。作家としての足がかりを得て、将来この道で、なんとかやっていけそうだという見通しを得たからである。こうして、『夜行巡査』を発表した翌五月には、評論『愛と結婚』を「太陽」に発表。『黒猫』を「北国新聞」に連載、さらに六月には、『外科室』を「文芸倶楽部」に発表した。

『夜行巡査』と『外科室』の二作は、くわしくは作品編に述べるが、いずれも小説の結びにおいて、主人公の行為を、それぞれ、

「社会は一般に八田巡査を仁になりと称せり。ああ果して仁なりや。」（『夜行巡査』）

「語を寄す、天下の宗教家、渠等《かれら》二人は罪悪ありて天に行くことを得ざるべきか。」（『外科室』）

と、痛烈な言辞をもって既成の道徳に疑問を投げかけている。この二作に対しては「褒貶《ほうへん》相半ばす」と、かれ自身は記しているが、全体的には、文壇の注目を得るところの問題作となった。ときの評論家田岡嶺雲は「青年文」誌上に、この二作を讃えて「観念小説」という呼び名を与えたのである。もっとも、観念小説の名称は、鏡花作品にだけ与えられたものでなく、同じ硯友社の川上眉山の『うらおもて』『書記官』……等の作品を含めてのものである。

『うらおもて』の主人公は、表面は世に知られた慈善家であるが、その実は大盗賊なのである。しかし主人公は、単なる二重人格者ではない。現実の世の中の人間たち、とりわけ高位高官にあるものが、私利私欲にのみ奔っているのに大いに憤っている人物で、権力者が、国家の名において非人道な振舞いをするのを黙視することができない、という人物である。一体、罪を犯す者が悪いか、犯させる所の社会（権力者）が悪いのかと、読者に向かって問題提起を発しているのである。もちろん、今日の文学の常識から見れば、幼稚きわまるものではある。しかし、明治以来、頭をもたげてきた資本主義が、二十八年の、日清戦争の勝利の結果、軍国主義と急速に結びついて、ささやかな庶民の自由まで圧迫されてくる傾向が目立ちはじめた時代である。してみると、作者の時代の権力に対する抵抗の構えの産物として、注目すべき作品群であった。

ところで、明治以来作家と、国家権力や社会思潮との対決は、どのようにして展開されていったのであろうか。

よく硯友社の作風は、江戸戯作の伝統の延長上に成立したといわれる。しかし、硯友社には、滔々と流れていく時代の欧化主義、生かじりで軽薄・通俗的な時代の風潮に抗する態度があった。それが、野暮をきらい、伝統に根ざした都会趣味、さらには江戸情緒の尊重となって現われるのである。その見識においては、単なる、泰平の都市文化爛熟の時代に、自然発生的に生まれてきた江戸後期の戯作者とはまったく違うのである。

一例をあげてみよう。明治五年五月、明治政府の教部省（現在の文部省）が、教条三則というものを発表した。

一　敬神愛国ノ上旨ヲ体スベキコト
一　天理人道ヲ明カニスベキコト
一　皇上ヲ奉戴シ朝旨ヲ遵守セシムベキコト

皇上とは天皇、朝旨とは、天皇の心を指している。以上の三則は、もと神官たちを教えさとすはずのことばであったが、やがて、この精神による官僚からの指導統制は、歌舞伎・義太夫・音楽の世界・戯作者たちにまで及んできた。

これに対して、明治初年の開化期を代表する作家である仮名垣魯文は、「御諭示ニツキ建言ヲ奉ル」と、恐れつつしんで自分たちの立場を表明した。

……わたくしたち仲間は、集まって話し合った結果、今までの小説(幕府時代をさす)の作風を変え、お上のお示しになった教則三条のおことばを守って小説を書いていこうと誓いあいました。わたくしたちは身分の低い賤しい仕事に携わっておりますが、歌舞伎役者とはちがいますから、その旨お含み下さい……。という意味のことをいっている。みずからの立場を、「下劣賤業」などと、へりくだるというより、いやしめることばの中には、芸術家としての誇りなど、ひとかけらもない。また、「歌舞伎役者とはちがう」と、おかしなところでいばってみせるのも、古い幕府統制の時にあって、おずおずと腰を低くする戯作者の劣等感が裏返しにされ、いわれのない優越感の言辞となるのである。しかし、これが、明治初年の作家の実態であった。それに比すると、十年足らずの間に、同じ江戸趣味に拠ったとはいえ、硯友社には、どこか反俗の気概や、文学者としての誇りの高さが見うけられるのである。

さらに、川上眉山や鏡花は、この硯友社風から一歩を踏み出して、世間の便宜主義や御都合主義に抵抗して、「これでいいのか！　このままの社会でよいのか！」という叫びをたたきつけた。このような、社会へ働きかけようとする積極さは、在来の文学には見られないものであったし、その叫びに対して、観念小説の称が冠せられたのである。

感性の作家

同じく明治二十八年七月、一年前生活苦と闘いながら書き上げてきた『夜明けまで』を『鐘声夜半録』と題して、尾崎紅葉・広津柳浪と合著の『四つ緒』に発表した。

十二月、これも金沢時代にかかれた『義血俠血』が、『滝の白糸』と改題されて、浅草で初演された。鏡花作品が上演されたはじめである。現在でも、新派の出しものとして、しばしば上演、映画化もされている。

明治二十八年は、前年に引きつづいて日清戦争の最中であった。本来、文学の活動が、人間の、自由への願いに根ざすものであるから、個人よりも国家的理念の優先する軍国時代には、どうしても肩身の狭い思いをしなければならない。この戦時中、当然のことながら、文学者の生活は困窮していった。新聞は戦争記事に追われて、小説など掲載するスペースは与えられなかった。しかし、こんな時代にもめげず、みごと新進作家の位置を獲得した鏡花は、翌二十九年にも、いち早くその一月に『琵琶伝』を「国民之友」に、『海城発電』を「太陽」に発表した。

『海城発電』は、前年の暮あたりから病身がちの鏡花が、無理をおして執筆したもので、テーマは日清戦争の批判にあった。口を開けば御国のため、天皇のためと唱える愛国主義者が、その実、裏へまわって、偽瞞的な醜行を働く。その一方、ヒューマニスティックな博愛主義者が、人命の尊さを説くために、かえって国賊とののしられるような社会を、批判的に書いたものである。

観念小説と呼ばれた『夜行巡査』『外科室』にしろ、反戦文学とも呼べるこの作品にせよ、いずれもその時代思潮に抵抗したものであって、それが識者の注目を浴びる結果となって、文壇に登場した鏡花である。しかし、鏡花文学の真髄や、かれ本来の文芸意識は、時代の思潮に鋭くメスを加えることでもなければ、また、在るべき未来の社会建設を論理的に述べるということでもなかった。かれは、あくまでも感性をもってものの美を発見し、情緒の世界に自分の魂を遊ばせるところにその持ち味がある。

そのような自分の個性に気づいてか、あるいは無意識的にか、その年の五月、甘美な姉弟感情と、淡い恋愛感情のおぼろに交錯した少年期を回想しての純愛小説『一之巻』を書きはじめたのである。つづいて『二之巻』『三之巻』から、『六之巻』『誓之巻』とかさねたが、この傾向の決定版とも呼ぶべきものは『照葉狂言』である。

鏡花は、一日のうちで、一番美しくなつかしい時間としてたそがれをあげている。雪あかりのように、繊細で美しい微光、ものの姿も、それとは定かにわきまえられない昼と夜との微妙な交替のひとときを、こよなく愛した。こんな鏡花にとって、雪深く優雅な古都金沢と、そこに幼年時代をすごしたかれ自身の追憶、それは、今となってはおぼろおぼろとして、ともすればむらさき色の忘却の彼方に没していこうとする記憶、だがそれなればこそ、現実と幻想の交錯して白い霧のように生じてくる香気、こんな雰囲気の中で、薄幸な美少年は、これも薄幸な年上の「姉上」と、はかないさすらいの女芸人小親の二人から愛される純愛物語が展開するのである。

この作品が、直接的にはよきライバルである樋口一葉の『たけくらべ』や、鷗外の『即興詩人』の影響を受けたものであっても、しかし、ここに描かれた世界は、感性の詩人鏡花の資質が、そのまま開花結実したというおもむきがある。

鏡花と斜汀（右が鏡花明治30年）

こうして鏡花は、観念小説という社会批判の文学から、かれ本来の世界に立ち返ったのである。作家の営みとは、おのれの資質の発見と、その資質をいかに作品の上に定着化していくかということにある。この意味では、鏡花はその文壇デビュー時にこそは時流に乗ったというものの、それ以後かたくなともいえるほど自分の世界を守って、まわりの雑音にわずらわされなかったのは、かえって賢明であった。それは、虚構の世界の上に、絢爛たる美を造型する独得の鏡花文学を完成することにもなった。

一戸を構う

この年の五月、鏡花は、小石川大塚町に移転して、郷里から祖母のきてと弟の豊春を迎えた。思えば二年前の秋、祖母きての犠牲的精神によって上京、文学者としての生命を賭けることができた鏡花は、いちおう新進作家の名を得て祖母たちを東京へ招いたのであった。もちろん、新進作家として売り出したとはいえ、文士の生活は、今日の常識では考えられないほど低かった。読者層の厚さを誇っていた天下の流行作家尾崎紅葉でさえ、市井の片すみにおいてささやかな借家住まいで過したほどだし、かれの没後、家族の者がただちに生活に困窮した事実など、想像もつかないことである。しかし、物質的には貧しくとも、いちおう一戸を構え、祖母と弟を呼ぶことが出来たかれは、ようやく明るい将来への夢を抱きながら作家生活をつづけることになったのである。

こうした安らぎの中で、『一之巻』から『六之巻』（「文芸倶楽部」五月号から連載）が、つづいて十一月から、読売新聞紙上に、前述した『照葉狂言』が執筆されていった。

鏡花の文名が高まるにつれて、かれの交際の範囲も広がり、また、大塚のかれの住居を訪れる足音もしげくなってきた。

旧暦九月の十三夜の晩。日中の雨はすっかりやんだらしい。街の黒いトタン屋根に月光が輝いて白く見えた。ふと足駄の音が近づいたかと思うと、横寺町の師紅葉が、ふたりの弟子を連れて遊びに来たのだ。ひとりは柳川春葉であった。自分の膝下から飛立って、一戸を構えることの出来た愛弟子の住居を訪れる紅葉は上きげんであった。紅葉は、机上の半紙と筆をつと取上げると、微笑を見せて戯れがきをした。

「雨の晴れたるを嬉しく二、三子と浮かれ出て大塚の門を叩く。

拝めその玉の傘干す十三夜」

とあった。

鏡花は、近所からうどんを取り寄せて、客たちをもてなしながら、

冠者召して豆名月のおんひろひ

と記すと、春葉がすかさず、

これはこのあたりに住める虫の音

と、脇句をつけたりした。一方的な師弟の間柄から、同じ作家という共通の座で相対することのできた夜、かれはしみじみとした充実感を味ったのである。

また鏡花が、文筆に倦きて散歩がてらに訪れる先は、帝国大学（現・東大）の寄宿舎であった。そこには、同郷の竹馬の友吉田賢竜がいた。鏡花は、賢竜の引き合わせによって、多くの若い学生たちと交際することとなり、知らず知らずのうちに新しい知識を摂取していった。その学生の中には、生涯の親友となった笹川臨風がいる。笹川臨風は東京出身、東大国史科卒、後に「帝国文学」の編集に従事。近世文芸や美術にくわしい評論家であった。『日本絵画史』『近世文芸史』などの著作がある。

鏡花は、十返舎一九の『東海道中膝栗毛』を、いつも枕べから離さないほどに愛読したが、この臨風を呼ぶのに「弥次さん」と呼び、みずからは「喜多八」と自称して、臨風に送る手紙にも、喜多八、弥次郎兵衛の署名を用いたほどであった。

ライバル一葉

世間では、鏡花・柳川春葉・小栗風葉らに、徳田秋声を加えて紅葉門下の四天王といった。しかし、鏡花と同郷の徳田秋声は、文壇に進出すること、もっともおそかった。秋声は、十年前、金沢専門学校（現・金沢大学）の受験場で机を並べた鏡花が、今をときめく新進作家として文名を挙げているのに刺戟されて、二十八年の一月に上京してきたのである。四月に博文館に入社して、校正やルビ振りなど、下積みの仕事をしていたが、やがて同郷人のよしみということもあって、鏡花との交際がはじまった。六月、鏡花にすすめられるままに尾崎紅葉の門に入った。すると紅葉は、すぐに翻案の仕事を与え、秋声は五円の原稿料を得ることができた。秋声は、そのまま紅葉の家塾に入り、その推せんによって読売新聞社に入社、『雲のゆくへ』を発表して好評を博するようになった。

ところがこれから十年後に自然主義の文学運動が起ると、秋声はその運動の中核となって、明らかに硯友社と袂《たもと》を分つことになり、反自然主義を唱える鏡花とは、まっこうから対立するようになっていった。しかし、それは後のことで、この二十九年当時は、鏡花はまだ秋声の兄貴分気どりで、なにかとめんどうを見てやった。むしろ、かれが新進作家としてライバル視したと思われるのは樋口一葉である。

樋口一葉

鏡花は、二、三度一葉をたずねたことがあるようだ。『たけくらべ』や『十三夜』などの作品からうかがわれる一葉は、風にも耐えられないような手弱女と想像されるが、極貧の生活の中で、あれだけの作品をうみ出した一葉は、なかなかのしっかり者であった。「わがこころざしは国家の大本にあり。」などと日記に記すほど社会意識もあった。それだけに、彼女の交際も広く、馬場孤蝶・戸川秋骨・川上眉山・島崎藤村等、当時の若手作家の足音が、しきりと下谷竜泉寺（後には本郷福山町）の一葉宅に近づいた。鏡花もまたそのひとりであったのか、それとも博文館の記者として原稿とりに訪れることが多かったのかわからないが、一葉のもとに送られてきた鏡花の手紙からは、かなり親しい口をきき合った仲であろうと思われる。『誓之巻』の『泉鏡花小解』では、一葉の病気について触れているが、それは作品編で述べた。

かれの晩年の作（昭一二・一）『薄紅梅』では、

「一葉女史は、いつも小机に衣紋正しく筆を執り端然として文章を綴つたやうに誰も知り又想ふのである。が、何ういたして……」

と、作品のイメージとは相異した一葉におどろいている。

「あまりくさくさするもんですから、湯のみで一杯……てところ、黙つてて頂戴。」

といったという。

いずれにもせよ、親しくなったころには、すでに一葉の死期も近づいていた。二十九年の八月には、重態でペンをとることが不可能となり、医師からも絶望の宣告を受けている。ついに十一月二十三日死去した。病名は、奔馬性結核であった。

二十八年・二十九年という年は、新進作家が、つぎからつぎへ野心作を発表して、第二の紅葉・露伴を目ざして鎬《しのぎ》を削るというありさまであった。そして、かれらの主な発表舞台は「文芸倶楽部」であった。平田禿木・小杉天外・小栗風葉・桐生悠々・徳田秋声・後藤宙外・大町桂月・塩井雨江・柳川春葉・田山花袋・太田玉茗……等、まったく目白おしというさまであった。

「これらの若い多数の作家の中にあって、常に批評家たちに期待感を抱かせ、代表的出版社博文館で特別扱いされ、何人にも才能あることを疑わせなかったのは、樋口一葉と泉鏡花の二人であった。その一人である一葉が死んだことは、文壇的なショックをひきおこしたが、つねに心の片隅で、一葉鏡花のよう花やかな存在になりたいと考えている新進作家たちに、特等席がひとつあいたような感じを与えたことも事実であった。」（伊藤整『日本文壇史』4）

によっても鏡花と一葉の、当時の文壇においての地位が如実にうかがえる。

美女賛美

年譜によれば、明治三十年（一八九七）二十四歳の五月、『ささ蟹』を「国民之友」に、つづいて六月には、『風流蝶花形』を「文芸倶楽部」に発表。さらに八月には評論『醜婦を呵す』を発表した。この一文は、鏡花ロマンチシズムの耽美性が明瞭に表われていておもしろい。

これによると、とかく世間では、女性の心の美を尊ぶべきである、というようなことをしかつめらしくいうが、これはまちがいである。女には、人妻・芸妓・矢場女等、あらゆる職業・階層があるが、それは、男が任意に職業をえらぶのと同じである。だから、主婦であるというだけではその本分を尽くしたことにはならない。女性の本分は、「花の如く、雪の如く、唯美」そのものをもって男性に対することである。玉のように白い腕は、真の玉よりも美しく、雪のように美しい肌は、ほんものの雪よりも美しい。ところで、このように美しい女性を賞でないで、自然を友とするような男がいたとしたら、それは、まだ美人を獲得した経験のない男か、それでなければ、失恋のため、やむを得ずそうしてやせがまんをしているのにすぎない。ばらには恐ろしいとげがあるが、しかしわれわれは、その美や香を愛するではないか——。

こういう意味のことを述べ、

「婦人もし艶にして美ならむか、薄情なるも、殺意あるも可なり。」

とまでいっている。そして結論としては、醜婦でも、自分の醜を恥じて少しでも美しくなろうとする者には同情することができるが、しかし醜婦でありながら、自分の醜を気にしないで、むしろ教育のある所を誇って、芸妓のように教育のない美人をののしるような女性は最低であると決めつけている。

鏡花にかかっては、自然を友にした、たとえば芭蕉などは野暮だと退けられ、美人でない女性は女性として扱われないことにもなりかねない。かれこそ徹底した耽美主義者であった。

もし、この評論が、二年後に発表されたなら、あるいは鏡花の負け惜しみととられたかもしれない。というのは、二年後の三十二年、烈しい恋に陥った相手の女性は、神楽坂の芸者であったからである。

この論文からすると、鏡花は、女性の外面的な美ばかりを強調しているようだが、しかし、かれの作品に登場する女主人公は、『照葉狂言』の小親、『歌行燈』のお三重、『女客』の民……と、すべて美しいというだけでなく、情味があってものわかりのよい、やさしいすなおな女たちなのである。また鏡花は、女学生というものを嫌った。つまり鏡花の好みは、だれもが女性に求めるもの、女性の本来もっている柔美な点とやさしさ・すなおさを求めたということであって、なま半可な教育を鼻にかけ、小理くつをいう××女史というタイプの女性を忌避したということになる。こういう感情は、多かれ少なかれ、男性の多くが抱くものである。まして論理の世界よりも情緒の世界を愛したムード派の鏡花にとっては当然のことであった。鏡花の、そのような男性一般の感情を正しいとみとめる論理、さらには、それに徹しきろうとするところの態度にこそかれの耽美性を見ることができるのである。

翌三十一年の作品としては、若くして死んだ母親鈴に想いをはせて『笈摺草紙』(「文芸倶楽部」)を発表、みずから「端坐精進の作」と称した。

『通夜物語』等著書の表紙

苦難の恋

――円熟の時代――

紅燈の美女

『醜婦を呵す』の論文にはじまり、『辰巳巷談』『通夜物語』『湯島詣』と、つづく作品の中から、鏡花の求める女性美の対象が、純情な姉さま型の女性から、柳花紅燈の巷に立つ芸妓の美しさに傾いていくのを、われわれは感じとることができる。これは、鏡花が、ようやく新進作家としての扱いを受けるようになっていったこと、また経済的にも、いくらかのゆとりを生じて、紅燈の下をさまよう余裕を持ち、花柳の女たちに馴れ親しむ機会を得るにつれて、彼女たちに、ある種のロマンチシズムを感じるようになっていったと思われる。

もし、これらの作品が明治三十二年以後に発表されたものとすると、恋人、神楽坂の芸者桃太郎のイメージが、女主人公たちの原型と考えることができる。しかし、鏡花が、この桃太郎と知り合ったのは、明治三十二年の一月、硯友社の新年宴会の席上においてである。つまり、この以前から、鏡花は、花柳の世界の中に女性美を発見、ロマンチシズムを感じていたとみられるが、その理想の典型を、桃太郎という現実の女性のうえに見出したということになる。

鏡花は、神楽坂の芸妓桃太郎の本名が、なつかしい母親と同じ「すず」であったと知ると、かれらしい発想で因縁の深さを感じないではいられなかった。そして恋慕の情も急速度に進んでいったにちがいない。

元来、かれの描く女性美の具体的な原型が母親の鈴であり、またかれの作品に流れるフェミニズムは、若くして死んだ母親への追慕の心情にその根源があった。また花柳界の粋と人情には江戸趣味の名残りがあったが、桃太郎はそれを多分に有していた。つまり、母性と江戸趣味をかね備えていた彼女との出会いは、まさに天の与えたよきタイミングであった。

しかしこの恋愛は、世間の壁にぶち当たって容易に解決しなかった。まず第一の難点は経済的な問題である。新進作家とはいえ、著作権も確立されず、また今日とちがって、文士の収入がきわめて低かった時代でもある。芸妓廃業の自由ももちろんない。鏡花の力では、とうてい桃太郎を身受けすることは不可能であった。第二の難点は、鏡花が、親とも神とも崇める師紅葉の大反対に会ったことである。紅葉の反対は、これが硯友社の頭領・恋愛小説の代表作家かと首をかしげたくなるほど、また、ものわかりのよい日常のかれからは想像もできないほど烈しいものであった。

金の問題はともかく、この師の反対には、まったくお手上げの鏡花であった。紅葉が、鏡花に対して、「師弟

現在の湯島天神境内の一部

の縁を切るか、女と切れるか！」と迫ったのはあまりにも有名である。昭和の今日、泉鏡花の名は知らなくても『婦系図《おんなけいず》』湯島境内の別れ（主として新派で上演）のせりふを知っている人は多い。

主税「お蔦、何もいわずにおれと別れてくれ。」

お蔦「切れるの、別れるのつて、そんなことは芸者の時にいうものよ、なぜ死ね！といつてくれないんです。」

と迫るお蔦も、主税にとって大恩ある師、真砂町の酒井先生の意見だと知るときっぱりと別れる決意をするのである。もちろん、お蔦は桃太郎、主税は鏡花自身である。また酒井先生は紅葉である。

「固い契りも義理ゆえに水に流すも江戸育ち」とある流行歌の歌詞はうそではなかった。鏡花四年越しの恋、同棲までしたすずと、いったんは別れる決心をしたのである。

ところで、ものわかりのよい紅葉が、どうしてそれほどまでに愛弟子の恋愛を妨げようとしたのだろうか。理解に苦しむとはいえ、いちおうの想像は成り立つ。おそらく紅葉は心の中では、一介の貧乏書生から新進作家にまで育て上げてきた愛弟子のために、世間なみのどこへ出しても恥ずかしくないよい女房を持たせてやろう（あるいは具体的に、二、三の令嬢のイメージが浮かんでいたことかも知れない。）と、思っていた矢先、世間的には低く見られている花柳界の女と結婚するというので「親の心子知らずのばかものめが！」と、頭に血がのぼったのであろう。鏡花に、りっぱな結婚（世間的な意味で）をさせてこそ、はじめて師としての努めを全うするのだという責任感が働いたのかも知れない。あるいは、とりもなおさず自分の名誉、とまでは考えないとしても、一般の親が抱くごく当たり前の見栄からかも知れない。紅葉には、こうした世間一般のモラルをたっとぶ常識人の性格があった。

もっとも鏡花は鏡花で、桃太郎との間がらを堅く口をとざして師に話さず、さいごまで告白しなかった。そのことも紅葉に、「水くさいやつだ」と、憤激させる理由となったのかも知れない。

いずれにもせよ、すず（以下本名によって記す）との恋愛は、鏡花に多くの経験をさせ、まったく予期しない運命を歩ませることになる。

ふたたび年譜にもどってみよう。

この年の四月、『通夜物語』を「大阪毎日新聞」に、十一月『湯島詣』を春陽堂より単行本で出版した。『湯島詣』は、花柳のちまたに取材したばかりでなく、芸者を主人公として書いた最初のものであるが、早くも作中人物に恋人すずのイメージが投入されてきている。

怪異趣味

この年の秋、鏡花は牛込榎町に転居した。今とちがって、ぼうぼうの秋草と、昼なお暗いまでにおい茂る巨木が立ち並んでさびしい所であったらしい。もっとも、ここへ引越す以前の、大塚の住居も同じようにいなかびていたらしい。昼はほとときす、夜、ひとり机に向かえば蛙の声が驟《にわか》雨《あめ》のようにかまびすしかった。ときおり、近くの農学校の畜舎のあたりから、乳を求めて子牛の鳴くのが聞こえてくるのであった。

ある夜のことである。「草木も眠る丑三つ時」つまり午前二時ごろ、音羽通りかと覚えるあたりから、法華宗の豆太鼓を打つ音が聞こえはじめた。しばらく打ちつづけたかと思うと、ひと休みする。それで、はじめのうちは空耳かと思ったがそうではない、そのうち、ふたたびかすかに鳴り出すのである。その太鼓の調子は、たわむれているこどもたちが、「南無妙法蓮華経」とおとながとなえるところを「一貫《いっかん》三百どうでもい い!」と、ふざけているようにも聞こえてくるのだ。それで、講中(信者の集まり)の者たちの夜詣《よるもう》でかと思ってみたりした。しかし、豆太鼓の音は、遠くなったかと思うと近くなり、高くひびいているかと思うと低くなり……で、まるで潮騒《しおさい》のようであった。ふしぎに思った鏡花は、夜食をとると外へ出た。あるいは音羽のあたりか、それとも高田馬場の方向か……と耳をすましながらたずね歩くのだが、豆太鼓の音は、そんな鏡花をあざ笑うように、東へ行けば西に聞こえ、西をたずねようとすれば、東に聞こえてくるのであった。

「次第に心留むるやうになりて、怪しと思ふに、益〻怪しうなり増りぬ。

慊くて一友に会せし冬の夜のしとしと雨に、其事語り出でたれば、其こそ、江戸繁昌記出来たる頃も、今も絶えざる狸囃子《たぬきばやし》よ、となむ教へける。」(『狸囃子』明三三・六)

ところが、この狸囃子は、住居をこの牛込榎町に移してからも、同じように聞こえてくるのである。江戸では、むかしから狸というと、本所と相場は決まっているが、大塚でも牛込榎町でも狸は出没する。春はさすがに陽気な季節なので、この狸のいたずらはあまり盛んでなくなるが、

「青葉の頃よりして、夏の夜、秋に入れば、ポンポン様愈〻冴えて、隊長大得意を顕すなり。音も人の心によりて違へり。彼の時は庚申のことありしより法華の太鼓とや聞かれけむ。今日は演習のありつるよなど思ふ時は、奏楽つるべ撃つ大砲の谺の如く……」(『狸囃子』明三三・六)

と、記している。鏡花は、半ば狸囃子を信じていたもののようである。だが、それはともかくとして、新宿牛込榎町といっても、当時はこういう所であったのだ。

鏡花の家は、二階が六畳一間、階下が六畳二間くらいの古い家で、階上が鏡花の書斎、階下は弟豊春の部屋であった。

明治三十三年(一九〇〇)、鏡花は、かれの生涯を飾る傑作『高野聖』を「新小説」に発表した。幼いときから、雪女郎の話を伯父から聞き、本所の化け狸の話を母親の鈴から聞きながら育っていった鏡花は、そのローマン的、幻想憧憬の心情からいっても、幽霊や怪異の存在を信じていたように思われる。いや、むしろ積極的に信じていこうとする姿勢さえうかがわれる。鏡花文学に怪異が登場するのは、この『高野聖』のほかにも、『眉かくしの霊』『春昼』『白鷺』……。また、随筆にも多く、はっきり題名に示されたものでも、『春狐談』『狸囃子』『怪力』『お化け好きのいはれ少々』『怪異と表現』『旧文学と怪談』と出揃っている。つまり『高野聖』は、書かれるべくして書かれた作品といえる。

逗子の生活

明治三十五年（一九〇二）というと、鏡花は二十九歳。三年前に知り合ったすず（桃太郎）とは、その後も、師紅葉の目を避けて愛し合っていた。年譜によると、ここ一、二年、鏡花の筆はかならずしも好調とはいえないようである。三十四年は『註文帳』（「新小説」）の一作のみ、そしてこの年も、一月に『女仙前記』を発表したのみで終わってしまう。

鏡花のスランプは、健康ともいくらか関係があったようだ。もともと蒲柳《ほりゅう》の質の鏡花であったが、夜業の多い長年の作家生活が、胃を冒していったものらしい。

この年の七月、鏡花は友人のすすめもあって、胃病治療のため、逗子桜山街道に転地することになった。鏡花は、紅葉門下に入ったことから作家になっていったが、かれ自身は、一生を通じて弟子らしい弟子をとらなかった。かれの資質や、その麗筆は天才的なもので、容易にまねることのできるものではない。しかし、さすがにこのころになると、その作風にひかれて、榎町の住宅に出入りする学生たちも数人はいたようである。

「出入りしていても、何も小説を書いて見て貰うわけでもなく、漫然《まんぜん》と雑談するだけで、所謂謦咳《いわゆるけいがい》に接していれば、嬉しくって仕方がないといった、ファン気質だけのものだった。」

（『明治・大正文学研究二十号』）

と、のべている鏡花研究家の寺木定芳も、当時、早大文学部学生として接していたひとりである。鏡花の逗子行きに際しては、この寺木定芳と仲間の友人たちが同行することになった。すると、その話をききつけた神田のある商店のむすめ、当時にはめずらしい女性の鏡花ファン服部てる子が、ぜひ自分も仲間に入れてくれという。男ばかりで、炊事をどうしようかと思案中であったから、これは願ってもないことである。てる子は、出費に及ばないが、かわりに食事係りをつとめるということになった。それに鏡花の弟豊春も加えて同勢五人、

「神楽坂の青木堂で、菊正の四合びん二ダース位は仕込んで行くぐらいの余裕しゃくしゃくで……」(『明治大正文学研究・二一号』)

と、寺木定芳は当時を回顧している。文士生活が楽でなかった時代ながらも、二十七年ごろの窮乏ぶりと較べれば、そのころの作家としての貫録を示すに足りる程度の生活ではあったようだ。

横須賀線逗子駅(神奈川県)を下車してから、ほど遠くない所に延命寺という寺があった。そこから、田畑の両側につづく道を三百メートルほど行った所に小高い丘があって、そこに六畳と八畳二間つづきの新築の家が建っていた。家の中に入って窓を開け放すと、駅へつづく畦道が一目に見えた。一同は、この借家がたいへん気に入ったようだ。一面のみどりの稲葉の先を、ちかちかと光らせて吹く風は涼しく、夕やみが迫り、星がまばたき出すと、まるで、それに応ずるかのように、螢が光り出すのであった。

たそがれをこよなく愛した鏡花は、一同をひきつれて、ゆかたがけで、そぞろ裏山の石段を登っていった。そこには、観蔵院という小さな御堂があって、そのうしろはきりたった崖《がけ》になっている。のぞくと、意外に深い谷で、気持ちの悪いほど丈の高い夏草が、ぎっしりと生え茂っている。竜でも住んでいるかのようだ

と、「竜が谷」と名づけたりした。山を下ってしばらく行くと、倒《さか》さ富士田越橋の袂《たもと》を通り、やがて海岸に出た。

またある日、夕立の晴れ上がったすがすがしい青葉に誘われて、例によって、一行はつれ立って海を見にいった。すると、平常は、ただの厓であった所に、白くしぶきを上げて音をたてて水が落ちてくるのに出会った。落ちる水は、道を横断して川を作っている。そこをちょろちょろと蟹が往き来している。昨夜の雨で一夜作りの滝ができたのだ。鏡花は、これに「夜雨の滝」と名づけて得意がった。

「台所より富士見ゆ。露の木槿《むくげ》ほの紅う、茅屋《かわや》のあちこち黒き中に、狐火かとばかり灯《ともしび》の色沈みて、池子の麓砧打つ折から、妹*がり行くやらん遠畦《とおあぜ》の在郷唄、盆過ぎてよりあはれさ更にまされり。」

と、鏡花はみずから記している。この『逗子だより』の一文の美しさはさることながら、それよりも言外に、悠々としてみずからの境涯を楽しむ文人趣味が横溢しているのを感じてくる。もはや「先生、先生」と、後に従う青年たちに囲まれても、けっして不自然な鏡花ではなかった。

旧盆も近い七月末になると、地元の青年たちは、祭に備えて、夜ごと、

「朝に咲き、夕にしをるるあの朝顔も
おもひおもひの色に咲くドッコイショ」

と、踊りの練習に余念がなかった。それで一行も、いっしょになって手ぶり足ぶりおかしく、夜ふけまで踊

＊恋人のもとへ行くであろう。

ったり唄ったりと、陽気にさわぐのであった。

訪れてくる客もままあった。しかし、すず夫人のほかは、どちらかというと招かざる客で、鏡花にとってはありがたくない場合があった。

いっしょに玄関番をやった仲の柳川春葉の訪れはよかったとしても、酒豪の春葉は、浴びるほどに大酒を飲んで、あげくに、

「土手の芝、人に踏まれて一度は枯れて露のなさけでよみがへる。」

と、都々逸をうなる。そして一同をかえりみて、

「こりやね、『辰巳巷談』に出てくる文句だ。泉がなじみの州崎のチョン格子の、小女郎がしよっちゅう唄つたやつだよ。あの小説の中の女もその女よ。小説みたいに、あんなしをらしい美しいやつぢやないがね。なあ、さうだらう泉……。」(『逗子だより』明三五・九)

といって、鏡花に苦い顔をさせるのであった。

またある日、学習院の女学生四人がここへ押しかけて来た。彼女らは、鏡花の伯父松本金太郎の紹介状をさし出した。松本金太郎は、母親鈴の兄で、高名の能楽師であったことは、生い立ちのところで述べた。この令嬢たちは、この松本が出入りしている大河内子爵の息女と、その学友たちであった。鏡花の作品は読まなくても、作家として鏡花の名は聞いていたのであろうか、大河内家の別荘も、同じ逗子にあったので、退屈まぎれ、好奇心まぐれの訪問であった。学習院の女学生というと、当時の社会の最高階級の令嬢であり、

流行の先端をいくハイカラむすめの集まりでもあった。これを、人目を忍んで、逗子へやってくる、すずのおかれた境涯とくらべてみたときは、陽と陰との両極端といってもよいものである。鏡花が、この令嬢たちの来訪を喜ぶはずはない。きまって、散歩といって家をとび出ていった。

ある日、逗子の役場から、この貸家のことで、ひとりの吏員がやってきた。かれは、横柄な、まるで咎めだてるような態度で、しつこく鏡花たちの素性をきき出した。そこへ、例の大河内家の令嬢たちがやってきた。いつもの調子であたりかまわず陽気にはしゃぎはじめた。吏員がそれをたずねるので、応対した学生が「子爵令嬢と、その仲間である。」というと、吏員は目をまるくして、はいつくばるような丁重なあいさつをして帰っていったという。

しかし、鏡花にとってなによりの楽しみは、週に二日くらいの割合で、恋人のすずがはるばる神楽坂から訪れてくることであった。すずはあいかわらず、桃太郎の源氏名でつとめていた。はなやかな紅燈のちまたに、三味線の音、談笑のうちにときをすごすとはいえ、その内側の生活は、前借（借金の前がり）で自由を縛られた血の出るような日々であった。

「雪の朝、顫へてゐるのを戸外に突出されて、横笛の稽古をさせられたんだ。吹込む呼吸が強くなるためだといつて、朝御飯も食べさせない。耐るもんか、寒い処を、笛を習つてる中に呼吸が続かぬから気絶するのが毎朝のやうだ。水を吹かけて生返らして、それから握り飯の針のやうなのを二つづつ貰つて食べる。かへると三味線のおさらひをして其のまま下方の稽古にやらされる。すぐに踊りの師匠に打ちのめされるんだ。生傷の絶間のない位。夜はといふと座敷を回り歩いちゃ、年上の奴に突飛ばされて、仰向けに倒れると見つともないといつて頬板を打たれたんだ。」(『湯島詣』)

とあるのは、鏡花が、すずと恋仲になってまもないころ、涙を流してきいた話を、作品に使ったものであったろう。

鏡花と知り合って四年、このようないばらのような歳月も終わりに近づき、年期奉公の明けもま近く、晴れて夫婦ぐらしのできる日をひかえて、その表情は明るかった。鏡花は、泊りがけでやってきたすずを連れて、よく海岸へ散歩にいった。途中、「女夫《めおと》まんじゅう」を売る掛茶屋があって、ふたりはそこでかならず一休みした。店には婆さんと、小娘がひとりいるだけであった。しかし、「女夫まんじゅう」の名は、苦難の季節にたえて、夫婦となる日を待ちわびていたふたりにとっては、やはり嬉しい名であった。

ところが、運の悪いことに、すずがやってきたある日、不意に師の紅葉がおとずれたのであった。丘の上の家は、駅までの畦道を見渡すことができた。それで、偶然駅の方を見つめていた同宿のひとりが、「あっ! 紅葉先生だ。」と叫んだので、たいへんなさわぎになった。とにかく、すずの身を近所の農家に隠れさせ、彼女の持ちものらしい物、すべて押し入れに片付けて、ほっとしながら、しかし、やましいところがあるので、なんとなく落ちつかない態度で師を迎えたのである。

紅葉を奥の八畳の上座にすわらせて、鏡花は、四畳半に両手をついてあいさつをした。しかし紅葉の目は、鏡花のあいさつにはそっぽを向いて、じろりと、庭の物干ざおに掛けてある緋の腰巻きに向けられた。

すず夫人（娘時代）

「あれは、だれのだ!?」

いきなり、鋭い語調で質問した。

「服部のでございます。」

と、てる子の名を出して取りつくろおうとすると、紅葉は、例のかんしゃく玉を破裂させた。

「ばか！しろうとの女が、紐のない腰巻きをしめるか、あれは商売女のに違いない。おれにまでうそをつく気か！」

と、なぐりつけるばかりに、鏡花をにらみすえた。


「たちまち鏡花の顔は蒼白になり、ぶるぶる震えているのを見て、そばにいた筆者すら青くなったことだったが、紅葉は薄々すず女のことは既に感ずいていたのだろう。」（寺木定芳『鏡花と逗子とモデル』）

と、記されてある。

紅葉の死

明治三十六年（一九〇三）の三月、鏡花は、牛込榎町から神楽坂に転居した。すずを迎えるためであろうか。そして、すずは、長い芸者の生活から足を洗った。しかし、芸者を廃業したとは、前借をすべて返済したということである。マイナスはなくなった、というだけのこと、つまりゼロあって、すずの落籍については、経済面の骨折りもあったという。広島高等師範学校長となった人で賢竜氏の厚誼による」とある。吉田賢竜は、鏡花と同郷竹馬の友、後に、広島高等師範学校長となった人での状態である。当然のこととはいえ、着のみ着のままで鏡花のもとに走ってきたのである。年譜には「吉田

「朝まだきは納豆売り、近所の小学に通ふ幼きが、近路《ちかみち》なれば五つ六つ袂を連ねて通る。お花やお花、撫子《なでしこ》の花や矢車の花売、月の朔日《ついたち》十五日には二人三人呼び以《も》て行くなり。やがて足駄の歯入《はいれ》、鋏磨《はさみとぎ》、紅梅の井戸端に砥石を据ゑ、木槿《むくげ》の垣根に天秤を下ろす。目黒の 苗《たけのこうり》売、雨の日には蓑《みの》着て若柳の台所を覗《のぞ》くも床しや。……（略）……

夏もはじめつ方、一夕《あるゆうべ》、出窓の外を美しき声して売り行くものあり、苗や玉苗、胡瓜の苗や茄子の苗と、その声恰も大川の朧《おぼろ》に流るる今戸あたりの二上りの調子に似たり。一寸苗屋さんと、窓から呼べば引返すを、小さき木戸を開けて庭に通せば、潜る時、笠を脱ぎ、若き男の目付鋭からず、頬の円きが莞爾《にっこり》して……」(『草あやめ』明三六・七)

垣に朝顔、藤豆を植ゑ、蓼《たで》を海棠の下に、蝦夷菊《えぞぎく》唐黍《とうもろこし》を茶畑の前に、五本三本培ひつ。彼の名にしおふシシデンは庭の一段高き処、飛石の傍《かたえ》に植ゑたり。此処に予め遊蝶花、長命菊、金盞《きんせん》花、縁日名代の豪のもの、白、紅、絞り、濃紫、今を盛に咲競ふ、中にも白き花紫雲英《げんげ》、一株方五尺にはびこり、葉の大なること掌《たなそこ》の如く、茎の長きこと五寸……

直接すずとの新婚生活には触れていないが、この一文にはみちたりた新居の気配がうかがわれる。

ところで鏡花は、すずとの関係を、この期に及んでもなお、師の紅葉には秘していた。いや、秘していたというより、口を割らなかった、といった方がよい。鏡花が、すずとの恋愛を、モデルとして一部とり入れた小説『婦系図』では、師紅葉をモデルとした酒井先生が、主税（鏡花）を前にして、そばの芸者にいう。

「おい、知らない奴があるか。……（中略）……お蔦は早瀬主税の処に居るよ。飯田町の子分*の内には、玄関の揚板の下に、どんな生意気な婦の下駄が潜んでゐるか。鼻緒の色まで心得てゐるんだ。」

とまで、怒鳴りつけられる鏡花であった。

それにしても、鏡花のしんの強さにはわれわれも舌を巻く。雪国出身の人特有のねばり強さともいえよう。しかし、どちらかといえば受動的で女性的な鏡花の性格、そしてそれゆえにこそ、いったんいうまいと定めたら、あくまで秘めて通そうとする強さがあった。その強さがあればこそ、明治・大正・昭和の三代を通じて、一貫ロマンチシズム文学ひとすじに生きぬくことができたのである。

根が江戸っ子気質の紅葉のことである。鏡花が咎められたとき、すぐその場において両手をついて、「恐れ入りました。」と頭を下げたならば、あるいはなんとか通ったのかも知れない。しかし、鏡花がシラを切るのは、一度や二度のことではなかった。

この年の二月、師の紅葉は大学病院へ入院。三月からは、医師をしている夫人の弟の家で静養をしていた。紅葉の「十千万堂日録」によれば、鏡花が妓（すず夫人）を家に入れたと知り、

＊弟子の主税（鏡花）をさす。

「四月十四日
妓を家に入れしを知り、意見のため赴く。彼秘して実を吐かず、怒り帰る。

右の件に付　再《ふたたび》人を遣《つかわ》し、泉兄弟を枕頭に招き折檻す。

十二時放ち還す。

疲労甚しく怒罵の元気薄し。

同十六日
夜鏡花来る。相率《あいひき》て其家に到り、明日家を去るといへる桃太郎に会ひ、小使十円を遣す。」

暴力を振うなど、およそ紅葉らしくない野暮なことをしたものである。しかし鏡花は、ついに師の前ですずと別れることを宣した。そのくわしい事情は当人の他はわからないとしても、作品『婦系図』の中では、

「心得違ひをいたしまして……何とも申しやうがありません。」

とあやまった末、

「婦を棄てます先生。」

ついにきっぱりと、女と別れることを約束している。師の恩の前には、四年越しの恋、しかも、血のにじむような歳月の果てに結ばれた恋すら断念した鏡花であった。

鏡花のこの別れの決意は、今日的な常識からいうと、まことに主体性のない生き方のようだ。しかし、この時代の人間のモラルとしては、恋はわが身に関することであり、恩は義理に関することである。わが身

を後にして義理を先とすることが当時一般のモラルであった。だからこそ、『婦系図』の中でも、早瀬主税とお蔦の家に出入している、江戸っ子気質の典型、男の中の男である魚屋の惣助が、ふたりの別れた事情をきくと、

「……大先生に叱られたって、柔順に別れ話にした早瀬さんも感心だろう。」

といって涙を流す。というのは、当時世間並みの、ものの道理のわかった結論なのだろう。

しかし、一方では紅葉の健康は目に見えておとろえていった。幽門部に硬結が生じていることは、自身でも解っていた。それなればこそ、天下の読者の期待にこたえて、執筆中の『金色夜叉』をライフワークとしてつづけたかったのである。

鏡花の『金色夜叉小解』によると、紅葉はこの鏡花だけを例外として、自分のそばに引き寄せて、鏡花が玄関番をしていたむかしと同じように、『金色夜叉』の下読み相手に対座させたらしい。

「『そこに羊羹がある。……いま丁度ここを書いてゐたところだ。一丁読んで聞かせよう』寛いだ座には、すぐ足袋を脱いだ素足の意気な胡座《あぐら》だつたが、お机の時は端座が多かつた。

目に徹夜不眠の血鋭く輝いて、口元はやさしく、莞爾と微笑まれた。私は襟を正して言ふ。今もまのあたり在す気がする。」

この年の十月二十四日からは、鏡花は「国民之友」に『風流線』の執筆をはじめた。『鏡花小解』の『風流線』の項によると、

「明治三十六年十月、紅葉先生おん病篤くして、門生かはるがはる夜伽に参る。月の中旬、夜半に霜おく簑虫のなく声、幽に更けて、露寒きしらしらあけに、先生は衾高く、其の枕辺につい居しに、

『……来月から国民に載るさうだが、勉強しな。——時にいくらだ——。一両（一円）出すか』

『いいえ、もう些とです』

『五十銭も寄越すか』

『もう少々』

『二両かい』

『先生、もう些と……』

『二両二分——三両だと……ありがたく思へ』床ずれの背を衾の袖にお凭りになり、顔をじつと見たまひて、

『勉強しなよ』

刻苦、精励、十一月よりして、翌年一月、二月にわたりて、毎回殆ど夜を徹す」

とある。

師の紅葉は、鏡花の稿料が意外に高いのにおどろいた。「ありがたく思へ」には、こうなったのもおれが育てたからだが、という恩着せがましさを感じないでもないが、しかし、「おやじが、子供が就職してはじめて貰った月給に対してでもいうようなことばである。」（村松定孝『泉鏡花』）……と解するのが、いちば

んすなおなとり方だと思う。

十月三十日、明治文壇において、もっとも広い読者層の支持を受けていた尾崎紅葉は、三十六歳の若さで没した。最後の病床に侍したのは、家族の他では石橋思案、丸岡九華、久我順之助と、それに鏡花のみであった。烈しく雨が降るだけでなく、風もしきりであった。

「十一時三十五分、予は病室のことを語る能はず。」(「紅葉先生逝去十五分前」)

千人に近い会葬者が集まったという。硯友社を代表しては川上眉山が、また門下を代表しては鏡花が、それぞれ弔詞を読んだ。

硯友社作家が、急速に文壇から後退していったのは、紅葉が死去したことにもよるが、それ以上に、海のかなたヨーロッパから、大波のように押し寄せてきた自然主義文学運動が、わが国の文芸にも、かつてないほどの強い影響を与えはじめたことに因ることの方が大きい。明治文学年表によると、まずこの年には、自然主義の祖ともいわれるゾラ(フランス)の『女優ナナ』を永井荷風が訳しているが、やがて日露戦争をさかいに、論客島村抱月を先頭に、島崎藤村・国木田独歩・正宗白鳥・岩野泡鳴……、そればかりでなく、かつては、鏡花に紹介されて硯友社の門に入った宿命のライバル徳田秋声や、また、文壇登場をあせって、一時は紅葉に近づこうとした田山花袋なども、熱烈な自然主義文学の信奉者となっていた。

自然主義によれば「小説は、公衆の前で行なう人生の実験の記録」であるという。個々の人間は、かれら自身が知らない目に見えない遺伝と環境との因果関係に縛られて生きている。小説は、この因果関係を、分析・解剖することによって、かれらの性格や心理の秘密を明らかにしていくことが目的であるという。「作家は人生の従軍記者である。」「ありのままの人生を、ありのままに書く。」「平面描写」「無技巧の技巧」……というようなことをとなえる自然主義者の立場は、鏡花の文芸意識や創作の方法とは、まったく異なっている。

日露戦争

翌三十七年（一九〇四）三十歳になった鏡花は、硯友社派を代表する作家というより、文壇の代表的作家の地位にまでのし上がっていった。紅葉亡き今は、もはや鏡花の頭を下げる相手はない。というより、むしろ、田山花袋らの、自然主義文学運動を旗じるしとする、いってみれば、文壇的には新人に属する作家群から、旧文芸の権威と見なされて、攻撃を受ける立場であった。つまり、新人の攻撃目標となるにふさわしい文壇の地位を有していたということでもある。

この年の二月、日本は国運のすべてを賭けてロシアと対戦した。鏡花の住む神楽坂を行き来する人々の足音もあわただしく、号外屋は鈴を鳴らせて坂をかけ上りかけ下りる。そのはてに、鏡花の家の二階まで、兵士たちの宿舎としてあけ渡さなければならなかった。

ある日、二階へ中食を運びおわったころ、鈴を鳴らして、号外売りが走ってきた。一部買ってみると、ロシアのウラジオ艦隊が、北海道を焼き討ちしたという。後ではデマの記事とわかったが、そのときは、これはたいへんと腰をぬかすところへ、玄関前に急ブレーキをかける自転車の音がした。玄関があいて、「春陽

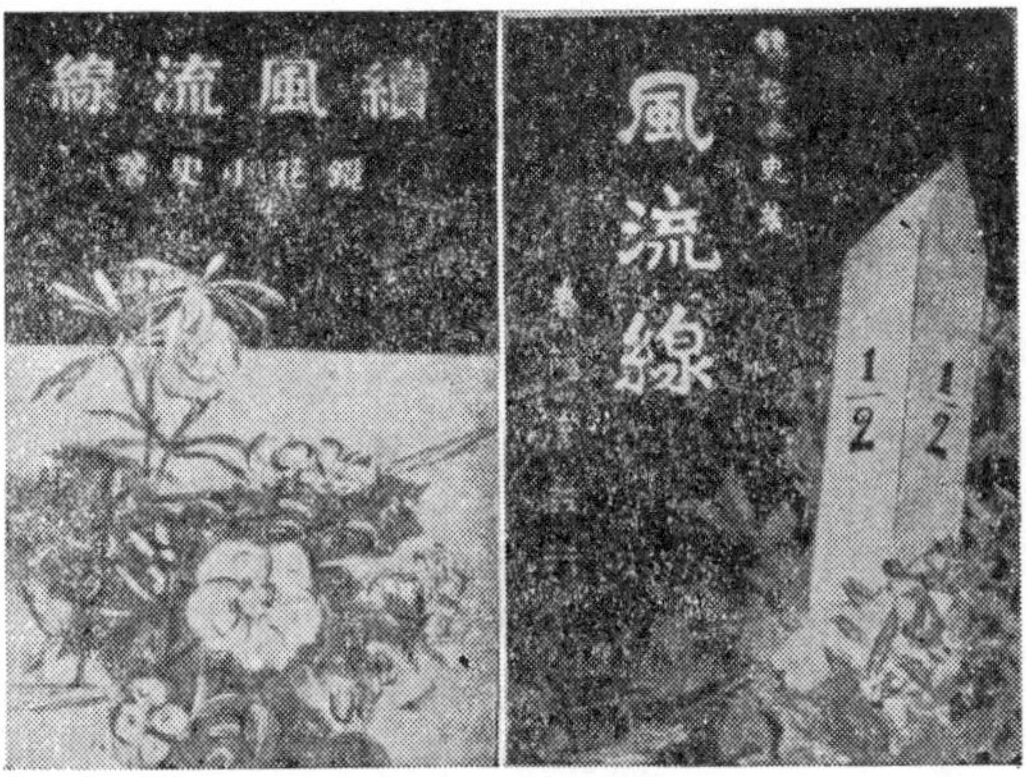

『続風流線』『風流線』

堂です、原稿を……」と催促にくる。その日四度目の催促である。というのも、春陽堂では、当時としてはめずらしい自転車というものを購入したので、これは便利とばかり乗り回しかたがた催促にやってくるのであった。それで鏡花は、ほとほと原稿の早書きには定評のある広津柳浪を羨しく思ったりした。こんな状態の中で書かれたのが『紅雪録』(「新小説」三月号)と『続風流線』である。後者は、前年「国民新聞」に連載した『風流線』の好評によってふたたび五月から、連載しはじめたものであった。

「刻苦、精励、十一月よりして、翌年一月、二月にわたりて、毎回殆ど夜を徹す」と、前記のように『鏡花小解』でいっている。

赤まんまの詩《うた》

——晩　年——

岩殿寺

明治三十九年（一九〇六）二月、鏡花は祖母のきてをうしなった。作家としての今日の鏡花を築いたのは、ある意味では、この祖母であり、そして紅葉以上の恩人であった、といえないこともない。八十七歳という高齢であったが、愛する孫の苦闘を励ましつづけ、ついに日本文壇の代表的な作家となったのを見届けることができたのは、幸福なことであった。

このころ、健康を害していた鏡花は、七月、静養のため、三浦半島の逗子の田越に借家した。ほんの一夏の仮りずまいのつもりであったが、あしかけ四年間滞在することになってしまった。引き移った当時は、ほとんどじゃがいもと、おかゆですごしていたという。胃腸が弱って慢性の下痢に悩まされたらしい。胃腸の疾患は、神経からもくる。

「何しろ極度の恐怖症で、食べるものすべてが胃腸障害を示す、とい

泉鏡花と岩殿寺

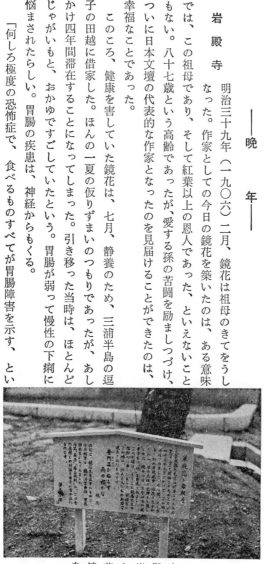

った信念を持ったんだから始末が悪い。」（寺木定芳『鏡花と逗子とモデル』）

とある。祖母の死、みずからの病身、さらに考えられることは、自然主義文学運動がいよいよさかんで、鏡花が、時代の文壇から孤立した状態になっていったこと、なども挙げることができる。

父を失ってあすの米塩にこと欠いて、郷里金沢の百間堀をうろついて自殺さえ思い立った二十七年当時を、鏡花の第一の危機とするならば、この逗子時代は、第二の危機と呼べるかも知れない。もっとも、この期間には「やまと新聞」に『婦系図』を執筆していたし、『通夜物語』『湯島詣』『風流線』などが舞台で上演されていたから、経済的には、それほど困窮していたとは思われない。だが、これらの作品は、どちらかというと、大衆に歓迎された通俗小説であった。もちろん、国民のあらゆる階層から迎えられることは、本来作家として不名誉なことではないはずであった。しかし、自然主義文学運動の全盛のため、純文学の畑から無視されようとしていることは、文壇の代表作家を以て任じている鏡花の自尊心を傷つけることが大きかった。そして、かれ本来の芸術至上主義的な作品を受け入れてくれる場が、だんだん失われようとすることを憂えた。このなんともいえない焦燥感が、当時のかれの心と神経を蝕ばんだ。このことも、胃腸疾患と関係がないとはいえない。一種のノイローゼに近い状態であったらしい。

田越の家は、現在の逗子の郵便局の前あたり、軒の傾きかかった二階のある二軒長屋で隣りは葬儀屋であったという。鏡花が書きしたためた、明治三十九年八月の便りによると、山々のみどりの中にも、白百合の清らかに、すずしげに咲くあたりの家であった。しかし、鏡花がここへ来て、もっともひきつけられたのは、青葉のいなか道、爪先上りの坂から、やがて、石階を登りつめたあたりに存する、岩殿の観世音であった。この寺は、『東鑑』（鎌倉幕府の日記）の十三巻にくわしく記されてある寺で、当時は七堂伽藍が雲にそびえて立っていたらしい。

「なかにも、尊く身にしみて膚寒きまで心涼しく候は、当田越村久野谷なる、岩殿寺のあたりに候。土地の人はただ岩殿と申して、石段高く青葉によづる山の上に、観世音の御堂こそあり候。

停車場より、路を葉山の方にせず、鎌倉の新道、鶴ケ岡までトンネルを二つ越して、一里八町*と申し候方に、あひむかひ候へば、左に小坪の岩の根、白波の寄するを境に……(中略)……やがて踏切を越して、道のほど二町ばかり参り候へば、水田の畔に建札して、坂東三十三番の内、第二番の霊場とござ候。」

（『逗子より』）

信心深い鏡花は、こうして、岩殿寺の観世音を、この上なく信仰しながら、約三年の年月をここで過したのであった。鏡花作品の舞台としては、もちろん郷里金沢にとったものが多い。しかし、この逗子の地を背景にしたと思われる作品もかなり多く、『春昼』『草迷宮』『起請文』『舞の袖』等があげられている。

漱石との出会い

文壇には、あいかわらず自然主義の奔流が、音をたてて流れていた。明治四十二年（一九〇九）の三月笹川臨風、後藤宙外らが文芸革新会を創立した。反自然主義を旗じる

＊四・八キロ

しとしたものである。鏡花も、かねてから親交のあるふたりに誘われて仲間入りをした。もちろん、芸術至上主義の鏡花にとっては、文壇せましとばかり、自然主義文学がのさばっているのを、苦々しく思っていたことだから、この入会は当然のことであった。もともと、自然主義の作家たちは、科学的客観的真実を尊重する立場から、当然のことながら理論家が多かった。

三十九年には、島村抱月の『囚はれたる文芸』・岩野泡鳴の『神秘的半獣主義』、四十年には、片上天弦の『平凡醜悪なる事実の尊重』・『無解決の文学』とつづき、さらに四十一年になると、『文芸上の自然主義』『自然主義の価値』（二作とも島村抱月）・『未解決の人生と自然主義』（片上天弦）・『内感描写の意義』（松原至文）・『自然主義論』（生田長江）・『生に於る平面描写論』（田山花袋）……等、自然主義の論壇は、まさに百花が一時に咲きそろうようなはなやかさであった。元来、作家が理論を述べることを、こころよく思っていない鏡花ではあったが、たまりかねたと見えて、四十一年の四月、『ロマンチックと自然主義』という評論を発表している。

「私は自分の書いたものを、芸術として読者の目を煩はすからには、少くも其作品は読者を喜ばせ、読者を楽ませ、普通の人の感じ得ない感や、美しいところを感じさせなくてはならんと思ふ。……然うした目的に適つた作品が、私の云ふ作品である。芸術である。私は其意味に於ける立派な作品、完全な芸術を作り上げる為には、ロマンチックであらうが、乃至自然主義であらうが、少しも差支へない筈だと思ふ。要は好く描けさへすれば好い、自分の芸術的良心に恥ぢない作を示せば好いのだ。然うした目的に依つて書いた私の作品を、世間ではロマンチックといはれても、私は別に、何主義だとか、何派であるとか云ふことを考へて、創作したことがない。」

「自然主義の或者は、努めて人間の暗黒面や、人々が面を背けるやうな醜猥な事を書いて、真の人間を写すとか、偽らざる人生を描くとか云つて居る。(中略)何も隠れたる暗黒面や忌はしい醜事を小説に書いて、読者の眼に晒さなくとも、今少し明るい美しい方面を書いたら好いぢやないか……。」

このように書いたものの、しかし、鏡花の後年の回想では、ぜひとも、反自然主義陣営の「文芸革新会」によろう、というほど強い覚悟があってのことではなくて、「新小説」創刊以来のつきあいである後藤宙外や、「弥次さん」「喜多さん」と、たがいにニックネームで呼び合うほどの親友笹川臨風らに誘われてのことであった、といっている。

文芸革新会のメンバーに加わった鏡花は、笹川や後藤らとともに、他方講演会講師として各地を回っている。九月には宇都宮で、「偶感」という演題で語り、十一月には、宇治山田・名古屋……と、講演旅行をつづけていった。ここで注目することは、かれの代表作『歌行燈』の桑名の街の描写は、この折のスケッチによるものであったことだ。

この年の十月、「朝日新聞」に『白鷺』を連載して、はじめて夏目漱石と会った。漱石は、当時帝大(現在の東大)の教壇を下りて、朝日新聞の学芸欄を担当していた。かれは、森鷗外・幸田露伴と並んで、自然主義文学圏外の三高峰と仰がれていたが、かねてから鏡花の文学には好意を抱いていた。四年前、鏡花が、

「文芸倶楽部」(明三八)の四月号に『銀短冊』を載せたとき、漱石は、この作品を高く評価して天才とまでに賛辞を与えた。それ以後、鏡花もひそかに漱石に、好意とある種の親しみを抱いていた。知性においてもその経歴においても、漱石と鏡花はまるで異質な作家のように思える。人間心理を知性によって裁断する『こころ』のような作品は、もちろんかれの本領ではある、しかし漱石には、きわめて東洋的・主情的な一面がある。非人情(不人情ではない。)をとなえて、醜怪なまでにうごめく人間社会を超越した高踏的な態度もまた、かれの本領であるし、俗世間から脱出して、悠々として、みずからの境地を楽しもうとする余裕は、鏡花の芸術至上主義と一脈相通じるものがあった。神秘と幻影の産物である『夢十夜』や『倫敦塔』は、鏡花がつねに抱く幻想的ロマンチシズムによる一連の作と通ずる感覚がある。

「女は固より口も聞かぬ。傍目も触らぬ。縁に引く裾の音さへおのが耳に入らぬ位静かに歩行いて居る。」

「暮れんとする春の色の、嬋媛《せんえん》として、しばらく冥邈《めいばく》の戸口をまぼろしに彩どる中に眼も醒むる程の帯地は金襴か。あざやかなる織物は往きつ、戻りつ蒼然たる夕べの中につつまれて、幽閴《ゆうげき》のあなた、遼遠のかしこへ一分毎に消え去る。燦めき渡る春の星の、暁近く、紫深き空の底に陥る趣である。」

これは『草枕』(「新小説」明三九・九)の一節である。鏡花の作品とくらべると、文脈が整然としていて論理的に展開されてはいるが、すすんで俗世を脱出して、幻想美の世界を構築して、その優美な詩情の中に身を沈めようとする点について、鏡花の文芸意識にかようものがあると思う。

ところで鏡花は、漱石の印象を、つぎのように述べている。

「はじめて夏目さんにお目にかかつたのは、然うですね、もう七八年になります。……（略）……実はね、膝組で少しお願ひしたい事があつて、それが、月末の件ですよ。顔を見て笑つちや不可ません。此方は大事な事でさあね。急いだもんですから、前に手紙もあげないで、いきなり南町と駈けつけたもんです。まだ、それまでに、一度だつて逢つた事がないんでせう。八月だと思ひます。暑い真盛り。特に用向が用向と来てゐるし、当人汗になつて取次を頼んだものの、予《かね》ての風説《うわさ》なり、容子《ようす》を思ふと、一面の識もない、唐突の客なんか、なかなか逢ひさうもない方だと知つて居ながら、不思議にまた、身勝手だが何だか、逢つておくんなさりさうにも思つたのが、幸ひ実に成りましてね、すぐ通して下すつた。」

（『夏目さん』大六・一）

ちょうど漱石は、二、三月中に満洲方面へ旅行に出発するということで、旅行鞄が取り散らかされてあったり、あわただしい家の中の雰囲気であった。しかし漱石は、こころよく鏡花を迎えてくれた。

「江戸児だから長いこと、饒舌《しゃべ》るには及びません。半分いへば分つてくれる、てきぱきしたもので。それに、顔を見ると、此方《こちら》に体裁も、つくろひも、かけひきも、何にも要らなくなる。」（『夏目さん』）

とあるところや、前記の「膝組み」で「月末のこと」を頼みたいとあるから、金の相談であることはまちがいない。この訪問が八月であるとすると、翌々月から『白鷺』の連載をしたことになる。この小説を売りこみにいったものか、あるいは掲載が決定されたので、「朝日」では顔ききの漱石を通して、借金の申込みをしたものだと思われる。そして漱石は、たぶん色よい返事をしてくれたのであろう。

「親しみのうちに、おのづから品があって、遠慮はないまでも、礼を失はせない。そしてね、相対すると、まるで暑さを忘れましたつけ、涼しい、潔《いさぎよ》い方でした。」

と、ぞっこんのほれこみ方であった。

耽美派

明治四十年代は自然主義文学運動の最盛期でもあり、同時に、反自然主義の立場をとり、耽美主義の創作態度による後期ローマン主義の活動も活発になってくるときであった。

もっとも、一言に耽美派とは呼ぶものの、その内容は複雑である。人生を空しいものとして、絶望的なポーズをとる世紀末的頽唐趣味、退屈な俗界から脱出して、神秘的幻想美の中に身をゆだねようとする態度、刹那の官能に酔い痴れようとする享楽派等、それぞれの個性が、それぞれに艶めかしい花を咲かせていったのである。

「文学界」を中心とする二十年代のローマン主義は、みずみずしい時代の青春性にも拠って、きわめて宗教的・精神的要素の強いものであった。たとえば高山樗牛の『滝口入道』に見るように、若く清らかで、男女の愛を取り上げても、たいへんプラトニックな世界を描くことが多かった。

しかし、三十年代「明星派」のロマンチシズムは、

春短かし何に不滅の命ぞとちからある乳を手にさぐらせぬ

と歌った与野謝晶子に代表されるように、むせるような官能のよろこびがあった。「文学界」が精神の情熱をたぎらせたものなら、「明星」は肉体の情熱を燃やしたものといえよう。精神から肉体へと推移したロマ

ンチシズムは、ようやく晩熟の季節を迎えて、幻想的倦怠美のロマンチシズムを生み出すことになる。三十年末から四十年代にかけてのことである。

この、新ローマン主義については、上田敏らが、積極的にフランスの象徴主義の思潮を移植した功績をみとめなければならない。ボードレールや、ヴェルレーヌたちの哀愁、甘美な倦怠感による詩情が紹介されたことによって、日本の詩壇にもひとつの方向が与えられた。絢爛たる「明星」の官能美から西欧的近代の洗礼を受けた陰影の濃い象徴詩への方向がそれである。つまり木下杢太郎・北原白秋らによって、明治四十二年一月に創刊された「スバル」によって代表されるものであった。

翌四十三年には、永井荷風を中心に「三田文学」が発刊された。谷崎潤一郎が「新思潮」に『刺青』を発表したのもこの年であった。『刺青』は、永井荷風が口をきわめて賞めちぎったために、谷崎も自信を得て、かれ独得の耽美の世界をくりひろげていくことになる。明治末期の小説の世界において、ローマン派の展開は、この荷風の強い個性と、その近代的な知性による道案内が必要であった。じつは、鏡花文学の返り咲きも、この荷風の後だてによったものであった。それはこの年の「三田文学」の十月号に『三味線堀』が掲載されたことによっても、うかがい知ることができる。

日本の近代文学は、ある意味ではこの荷風によってひらかれたといえる。西欧の知性を身につけて帰朝した荷風が発見したものは、外面的な西欧化はあっても、ほんとうの意味で近代化されていない日本人の知性であった。荷風が、どのように文明批評をこころみようとも、日本の社会を動かすものは、あまりにも前近代的なものであった。かれは、日本の近代化にも、日本人の知性にも絶望した。そればかりでなく、表面ばかりを西欧化しようとする浮薄な時代の風潮を徹底的にきらった。もっとも近代的であるがために、かえって江戸の世界に回帰していかなければならなかったところに荷風の悲劇があった。しかし、荷風のなんともいえない自嘲と冷笑に支えられて、新ローマン主義、耽美主義が育っていくことになる。こうして、「スバル」「屋上庭園」「三田文学」「第二次新思潮」……と、明治末期から大正初期の文壇には、耽美的な文芸が誕生していくのであるが、この雰囲気の中で、鏡花の傑作のひとつにかぞえられる『歌行燈』が生まれたのであった。

妖花ひらく

大正期(一九一二〜一九二六)においての鏡花作品約二〇編の中から、代表的なものをえらぶとなると、個人の好みによってそれぞれ異なるであろうが、日本浪漫主義耽美派の代表作家にふさわしい作品となると、おのずから焦点がしぼられてくる。そして、まず筆頭に挙げられるのが『日本橋』(大三・千草館)である。これは、鏡花の花柳小説の決定版とも呼べる作品である上に、谷崎潤一郎によって代表される新ローマン派の特徴である悪魔美的要素が加わってくるものである。

鏡花は、『辰巳巷談』以後、『通夜物語』『湯島詣』『婦系図』……と、花街のちまたに取材した作品をいくつか描いてきている。しかし、これまでに登場してきた女たちは、どちらかといえば脇役的存在であった。しかしこの作品では、花街の女、お孝を主人公と据え、ストーリーをおしすすめていくのである。そしてこのお孝は、恋人葛木といる処へ、以前の情夫赤熊が短刀でおどしにくると、すっぱり双肌脱いで、「露の滴りさうな」美しい白い背をむけて、

「さあ、お殺し、けれど殺しやうに注文がある。切つちや不可い、十の字を二つ両方に草冠とやらに曰をかいて……葛木といふ字を突いて殺せ。」

と、たんかをきる女でもある。そして最後には、この赤熊を刺し殺してしまう。赤熊は、その名のように北海道育ち、野性の醜男であって、まさに美女と野獣の対立である。たとい理由があるといえ、殺人までおかす美女は、ただの美女ではない。血なまぐさい残忍さを漂わせる妖婦でもある。かつて『高野聖』では、怪異な世界を展開した妖艶な女が、ここでは写実的な生世話《きぜわ》の世界の女として、しかもより徹底したすがたで登場してくる。なお『日本橋』は、今日『婦系図』と並んで新派の代表的なものであるが、翌大正四年三月本郷座で、喜多村緑郎のお孝によって上演されたのがはじまりである。

しかし、大正期鏡花ロマンチシズムの特徴である悪魔美の世界は、『天守物語』によって最高の結晶を見せた。……白鷺城（姫路城）の天守は、立入り禁制の場であり、そこには富姫を主人公とする精霊の侍女たちがいる。つまり幽霊の物語であって、筋の展開もなかなか面白い。しかしこの作品のクライマックスは、富姫への到来物として首桶が備えられる場面であろう。富姫は、美しい若侍の血のしたたる生首にほほを寄せて歓喜する。……といえば、だれしも想うのは、オスカーワイルドの『サロメ』であろう。ワイルドの影響をもっとも強く受けたといわれるのは谷崎であるが、鏡花にとっても、サロメの世界には、さぞ親近

感を抱いたことと想像される。鏡花が本来、可能性として秘めていた悪魔美が、西欧的頽廃美を輸入して、活発化した新ローマン派の運動に、大いに刺激されて開花結実したものであるといえよう。

全集刊行と芥川

大正十四年（一九二五）七月五十三歳になった鏡花にとっては、嬉しいことに、かねて話のもち上がっていた全集刊行の営みがはじめられた。編集者は、小山内薫・谷崎潤一郎・水上滝太郎・久保田万太郎・芥川龍之介等であった。鏡花は、本来、文壇の先頭になって文芸思潮の流れに棹さすというような政治性・指導性には乏しい。だが、それだけに、相手方から強く敵視されることも少なく、このころになると、かれ独得の文芸に好意を寄せる現役の中堅作家たちから、政治性はぬきにして長老としてあがめられ……というより親しまれていた。春陽堂によるこの全集刊行の企ても、このような好意の表われであった。全集編集に当たっても、前記の編者たちは、近所の水上滝太郎の座敷一室を、それこそ戸棚押入れにいたるまでそっくり借りきって仕事に当たっている。

「ともすると、一時二時まで夜ふかしをする事さへある。火鉢の炭の継ぎ足しの心着けから、お茶の世話、寒いからと云つては、上等の葡萄酒の硝子《グラス》盃まで女中にも任せずに、夫人都さんの金紗の袖が幾度か廊下にすらすらと鳴る。今更らしく云ふまでもなく、水上さんが二十有余年にわたる、異常の眷顧で、二行、三行はものの断片に至るまでの、集輯《しゅうしゅう》保存の芳情がなかつたら、全集刊行は思ひも寄らなかつた、と云つても可い。」（『献立小記』大一四・三）

と語っている。今を時めく現役作家たちの、このように献身的な奉仕ぶりに鏡花は、なにか隠居めいた安らぎと幸福感を抱いたことであろう。

この全集は、だいたい月一回の配本で、昭和二年七月をもって、全十五巻の刊行を終了した。すると、あたかもそれを待っていたかのようにして、芥川龍之介が服毒自殺をした。芥川が、今回の鏡花全集の刊行に当たっての苦労は、水上滝太郎のそれに劣らないものがあった。「新小説」大正十四年五月臨時増刊の「天才・泉鏡花号」の紙上では、七月から発刊予定の『鏡花全集』のPRのためにも、芥川の推奨文を載せたのであった。当代の流行作家芥川の、

「鏡花泉先生は古今に独歩する文宗なり。先生が俊爽の才、美人を写して化を奪ふや、大真閣前、牡丹に芬々の香を発し……。」

に始まる名文であった。それゆえ鏡花の、この若き天才に寄せる感謝と親愛の情はひととうりではなかった。芥川の葬儀に参列し、先輩総代として、この偉大な後進の死を惜しむことしきりであった。

「玲瓏《れいろう》、明透《めいてつ》、その文、その質、名玉山海を照らせる君よ。溽暑蒸濁《じょくしょじょうだく》の夏を背《そむ》きて、冷々然として独り涼しく逝きたまひぬ。たちまちにして巨星天に在り。光を翰林に曳きて永久に消えず。然りと雖も……」(『芥川龍之介氏を憶ふ』昭二・八)

と、眼鏡を曇らせ、声をふるわせて読み上げたという。

秋声との和解　昭和四年（一九二八）二月、『泉鏡花全集』の豪華版が春陽堂から出版された。前年五月、

肺炎を病んで修善寺に湯治した鏡花は、この年の五月には、北陸路を和倉温泉に遊び、さらに、郷里金沢に立ち寄った。こうして年譜をたどっていくと、文壇の第一線を退いた老大家の悠々自適ぶりがうかがわれる。郷里へ寄ったときは、市内の上柿木畠藤屋へ遊びにいって、初恋の人湯浅しげ子に逢って、「絶えて久しき、ゆかしき、なつかしき人にあひて思はず落涙いたし候」と記している。

昭和八年、六十歳を迎えた鏡花は、長年の間不和であった徳田秋声と和解した。和解のきっかけは、これより少し前、兄の鏡花とけんかして、秋声のアパートにころがりこんだ弟の斜汀（豊春）が死んだことである。斜汀もまた作家としての道を歩んで来たが、しかし兄鏡花の名声に隠れて生涯不遇であった。それゆえに、兄の厄介になっていることにも、なにかおもしろくないことも多かったのであろう。いずれにしても、自分の肉身の死をみとってくれた秋声に対しては、感謝しないわけにはいかなかった。一方には、鏡花の後援会九九九会のきも入りで、一夕、秋声を招待して、鏡花と歓談をさせるという苦慮もあったが——。

秋声と鏡花の対立を、宿命的なものとして、すでにしばしば述べてきたが、鏡花が秋声と絶交したのは、秋声が「朝日」に『黴』を執筆（明四四）、その中で、師の紅葉の病が重くなり、いくらか気ちがいじみた振舞いにまで及んだ病状までを、在りのままに書いて発表したことが原因であった。しかし、事実の尊重を第一義と考える自然主義作家の秋声としてみれば、師紅葉の醜をさらすことに目的があったわけではない。

「好んで人の師になるものも愚かであるし、進んで人の弟子になるのも愚かである」とは、同じ自然主義の代表作家、正宗白鳥のことばであるが、あるいは秋声も、これに似たまなざしで、鏡花の師弟関係を見つめていたのかも知れなかった。そこには、虚無の深淵をのぞこうとする近代の冷たい知性の目があった。とはいえ、秋声は、決して師紅葉の人格までを否定したのではなかった。だが、きわめて日本的ウエットな鏡花にとってはがまんのできないことであった。かれは、かつて秋声が、打ちたての固いそばの味がわからないで立腹したことを追憶して（『庭を刈る』）、いなか者の秋声を嘲笑、ぐちゃりぐちゃりと唾とともに、蕎麦を噛むような奴が（ものの値うちがわからないの意）、その舌で、師紅葉先生の人格を批評するのは僭越だとばかり、決めつけている。

徳田秋声

ところで、両者の和解に心を砕いた九九九会《くくく》とは、作家では、久保田万太郎・里見弴・水上滝太郎、画家の鏑木清方・岡田三郎助、鏡花本の装釘に力を尽した小村雪岱、それに三宅正太郎等の鏡花ファンの集まりで、第一回の世話人に当ったのは、水上であった。この会は、文学運動、文壇進出等の政治的目的はまったく含まないで、いわば、鏡花芸術愛好会のようなものであって、里見の発案で、会費九円九十九銭をもってまかなおうの意味から、九九九会と名づけられた。

鏡花と滝太郎（右から水上滝太郎，その子息，鏡花，すず夫人）（昭和10年）

弟斜汀の死、この九九九会の骨折り等で和解したふたりであったが、私小説作家の秋声は、さっそくこれを作品化して発表した。それが『和解』（「新潮」昭・六）である。

「これは、彼の永年の知り合い泉鏡花との間に出来ていた友情の溝が、作者が鏡花の弟の死に当って色々と手をつくした事が縁になって融和した経過を書いたもので、文壇的に好評のものであった。」

とは、川端康成の作品解説である。ここでふたりは、同郷の人、同門の友としての交誼を復活させたことになるが、これについては、すなおに『和解』の題名どうりの心を受けとれない、と評する作家・評論家も多い。

赤のまんまも
なつかしき

昭和十二年（一九三七）鏡花六十三歳の一月、『薄紅梅』を「東京日々新聞」・「大阪毎日新聞」に連載、老いてなお変わらぬ創作への意欲を見せた鏡花は、六月には帝国芸術院会員となった。九九九会の心からの祝いのことばを受けたときには、すなおに顔をほころばせたかれではあったが、観菊の宴では、フロックコートを着なければいけない、とまわりからいわれると、日本趣味、和服趣味のかれは、……そればかりは……と閉口の顔つきになった。しかし、この年、日中事変が起こり、内外の情勢はにわかにあわただしく、「シルクハット（山高帽）の泉君を見る機会を、永久に失ってしまった。」（鏑木清方）ということであった。

　昭和十四年ごろになると、かれの健康は目に見えておとろえはじめた。四月二十四日、佐藤春夫の甥の竹田竜児と谷崎潤一郎の長女鮎子との結婚を媒酌、そして七月には、病身をおして「中央公論」紙上に『縷紅新草』の執筆をはじめた。遠く、そして、長く郷土を離れていた作家の魂は、まるでみずからの生涯の終わりをさとったもののように、ふたたび雪降る北国金沢へともどっていった。絶筆『縷紅新草』の舞台は金沢、主人公の辻町糸七は、作者その人とも思われる老人。かれは故郷に帰ってきて、いとこでもあり、恋人でもあった目細家のてる子（作品では京子）の墓に詣でる。そのいとこの娘お米が、辻町老人の道案内に立ってくれた。老人は、亡きいとこのおもかげを、その娘お米に見出して、過去と現在のイメージの重なりの中で、しみじみとした追憶談をかわすという作品であった。二度とめぐりかえることのない人生の悲哀、流れ去った歳月のなつかしさ、そして、永劫の愛の記憶の中でたゆたう老作家の詩情。

　所詮、金沢は、長い人生の屈折の果ての回帰点であった。

　こうして鏡花は、生涯、夢と現実《うつつ》の、淡く美しいたそがれ色の中に溶け合う抒情主義《リリシズム》の香気漂う道を歩み

金沢市長町付近

尽してきたのであった。

すず夫人の心配をよそに書き上げた『縷紅新草』であったが、ついに七月下旬病床についてしまった。八月中旬には、主治医三角博士によって、病因が癌性肺腫瘍であることが確認された。

九月七日の朝は、麦飯と味噌汁の朝食をとった。しかし、正午に近いころから病状が悪化、午后二時四十五分に死去した。すず夫人と、医師のほかには、親友笹川臨風をはじめ、柳田国男・久保田万太郎・小村雪岱・里見弴が枕頭に侍した。電報によってかけつけたのは、鏑木清方・水上滝太郎・尾崎紅葉未亡人・志賀直哉……。

その日の午后四時のラジオニュース・夕刊紙上・電光ニュース等によって、鏡花の死は全国に報道された。

その戒名は、九九九会のメンバーが相談、さらに、佐藤春夫と、かつての宿敵《ライバル》徳田秋声らが考えた末、「幽幻院鏡花日彩居士」と定められた。

通夜には、彼を知る在京作家はすべて集まった。喜多村緑郎・水谷八重子・森律子ら、新派の代表俳優たちもかけつけて百数十名の多きになった。

葬儀は十日、芝青松寺で行なわれ、天皇から幣帛が下賜されたのをはじめ、各界の名士がこぞって参列した。小泉信三・横山大観・大谷竹次郎(松竹社長)・市川猿之助・外務省顧問のベイツ博士。そして、日本橋の芸妓の一団が参列したのも鏡花の葬儀にふさわしかった。

辞世の句は、死後、枕べから発見された手帖の走り書き、

露草や赤のまんまもなつかしき

であった。「赤のまんま」とは赤トンボのことである。

日本の真の近代文学は、自然主義文学運動にはじまったという実情からして、鏡花の文学は、とかく前近代的印象を与えるのはやむを得ないことではあった。しかし、鏡花の、幻想美の世界に秘められた真実への希求、人間永劫の愛をうたい上げようとするその虚構性は、同時に自然主義文学の、もっとも欠けるところでもあった。

鏡花は、いま雑司ケ谷墓地に眠っている。

鏡花の墓

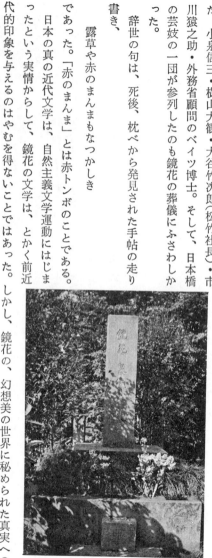

第二編　作品と解説

夜行巡査

時流の旗手

いまこころみに、小説の世界に限って明治文学年表をひいてみると、二十六年には、幸田露伴の『風流微塵蔵』、樋口一葉の『雪の日』、尾崎紅葉の『心の闇』……等が出現した程度で、せいぜい一葉が『大つごもり』を、明治文学として読むに価する作品はきわめて乏しい。また翌二十七年においても、今日のわれわれが、高山樗《ちょ》牛が『滝口入道』を発表した程度にとどまっている。むしろこの二十年代は、森鷗外と坪内逍遙の『没理想論』論争、北村透谷が、世の実利主義に挑戦しての「人生に相渉るとは何の謂ぞ」「余は批評を好むものなり、争ふことを好むものなり」(北村透谷「文学界」第五号)などによって代表されるように評論の時代であった。

ところが二十八年になると、小説界がにわかに活気を呈してくる。一月には「文芸倶楽部」誌上に『たけくらべ』が出たのを皮切りに、同五月に『ゆく雲』(「太陽」)には、『にごりえ』(「文芸倶楽部」)、十二月には『十三夜』(「文芸倶楽部・臨時増刊閨秀号」)等を発表。また硯友社の川上眉山は二月に『書記官』(「太陽」)、八月には『うらおもて』(「国民之友」)を、広津柳浪は『変目伝』(「読売新聞」)『黒とかげ』(「文芸倶楽部」)を、それぞれ三月と五月に、江見水蔭は十月に『女房殺し』(「文芸倶楽部」)を……というように続々として傑作が発表されていった。このような文壇の中にあって、鏡花もまた、四月に『夜行巡査』を、六月には『外科室』を発表したのであった。

鏡花はその前年の秋まで金沢にあって、精神的にも物質的にも行きづまって、一時は自殺すら思い立ったほどであるとは、生涯編においてすでに述べた。しかし、祖母きての献身的なはげましによって、捨身不退転の再度の上京の成果が、この『夜行巡査』のような問題作を生むことになった。

今にして思えば、あの絶体絶命に追いこまれた父の死後の金沢時代の苦闘においてこそ、人間が生きることのきびしさを実感として受けとめたであろうし、人情の機微もやさしさも、併せて体得したものにちがいない。

「お民さん許《とこ》で夜更《ふか》しして、ぢや、おやすみつてお宅を出る。遅い時は寝衣《ねまき》のなりで、寒いのも厭《いと》はないで、貴女が自分で送つて下さる。

門《かど》を出ると、ある曲角あたりまで、貴女、その寝衣のまゝで、暗《やみ》の中まで見送つて呉れたでせう。小児《こども》が奥で泣いてる時でも、雨が降つて居る時でも、づツと背中まで外へ出して。（中略。）

其の帰り途に、濠端《ほりばた》を通るんです。枢《くるる》は下りて、貴女の寝た事は知りながら、今にも濠へ、飛込まうとして、此の片足が崖をはづれる、背後《うしろ》を確乎《しつかり》と引留めて、何をするの、謹さん、と貴女が屹《きつ》といふと確に思つた。

ですから、死なうと思ひ、助かりたいと考へながら、そんな、厭な、恐ろしい濠端を通つたのも、枢をおろして寝なすつた。貴女が必ず助けて呉れると、それを力にしたんです。お庇《かげ》で活きて居たんですもの、恩人でなくツてさ、貴女は命の親なんですよ。」

とあるのは、鏡花にしてはめずらしい自伝的作品「女客」の中の一節であり、お民とは、いとこのてる子のことにちがいない。この一節によって、当時の鏡花のせっぱつまった心情のいくらかが推察できえよう。

ところで、ようやく体裁を整えはじめた資本主義は、この二十年前後から加速度的に成長し、それに伴う貧富の差は、二十七・八年の日清戦争を経ていよいよ増大して、識者の間にも社会問題として取り上げられるに至ってきた。鏡花は二十二歳、それでなくても社会の矛盾や、既成の社会に対する懐疑と反抗の年ごろである。人一倍多感な上に、極貧の生活に追いつめられていったかれが、自己を取り巻くおとなの世界の不合理や醜さに対して、はげしいいきどおりを抱くようになったのは当然すぎることであった。こういった社会現実、生活環境の中において、この『夜行巡査』が生まれていった。

ストーリー　どの章にも顔を出してくるのが、八田巡査である。かれは極寒の真夜中といえども巡察に余念がない。

「渠《かれ》は、明治二十七年十二月十日の午前零時を以て某町《なにがし》の交番を発して……」

と、責任の場所を回るのである。

小説は、膝から下が、露出してしまった破れ股引きをはいているという理由で、老車夫を叱責した八田巡査の冷酷さを、通りすがりの若者の口を通して、非難するところからはじまる。

この八田巡査は、絶対に後方は振り返らない。それは、いったんかれ自身が巡察した場所はどのように生い茂った草むらの中であろうとも、あやしい者のひそむ余地はないと信じているからだ。

八田は、つづいて家もなく、寒夜に乳のみ児をかかえて、軒下でふるえながらうずくまっている貧しい母親をとがめる。

「夜分でございますから……」

と、ひとしきり吹き荒ぶ風に、すっかり、ひびの切れた手を合わせて慈悲を願うその母子に、

「規則に夜昼はない」

と、つれなく退去を命じるのであった。

すると、同じ時刻、同じ場所を、ひとりの老人と、その姪の美しい娘が通りかかる。娘の名はお香といった。ふたりは、婚礼に接待された帰り道であり、伯父の老人はしたたかに酔っていた。老人は、そこでくどくどとお香を責めたてた。この老人は、婚礼があると、かならずこのお香を連れて式場に臨むのであった。老人は、この姪をたいへん愛していたが、そのくせ一方では、恋仇のように彼女を苦しめた。というのは、かれが、かつて若かりし日、このお香の母親を恋しながらも、弟の妻にと奪われてしまった。やがて、彼女も、弟も病死する。女に対して復讐するつもりであった老人は、女の娘、つまり姪に当るお香をひきとって、わが子のようにいとおしみながらも、一方ではいじめぬく。それというのも、お香を苦しめることによ

って、死んだお香の母親へ復讐をしているつもりなのである。まさに母娘二代に向けられた復讐の執念であった。

ところで、このお香には、現在結婚の話がある。その相手の男こそ八田巡査なのだが、老人はこれに反対している。反対するばかりでなく、婚礼の式があるというと、お香を連れて花嫁姿を見せて、うらやましがらせるのである。これが老人の復讐なのだ。

「眼に一杯の涙を湛《たた》へて、お香はわな〳〵ふるへながら、雨袖を耳にあてて、せめて死刑の宣告を聞くまじと勤めたるを、老夫は残酷にも引放ちて、

『あれ！』と背《そむ》くる耳に口、

『何《ど》うだ、解つたか。何でも、少しでもお前が失望の苦痛《くるしみ》を余計に思知る様にする。其内巡査のことをちつとでも忘れると、それ今夜のやうに人の婚礼を見せびらかしたり、気の悪くなる談話《はなし》をしたり、あらゆることをして苛《いじ》めてやる。』

『あれ、伯父様《おじさん》、もう私は、もう、ど、どうぞ堪忍して下さいまし。お放しなすつて、え、何《ど》うせうねえ。』とおぼえず、声を放ちたり。」

ところが、酔った老人は、堀端でお香と言い争っているうち、つい足を踏み外して堀へ落ちてしまう。

と、ちょうどそこへ巡回してきたのが、八田巡査であった。

「八田巡査はこれを見て、躊躇するのも一秒時《いつセコンド》、手なる角燈を差置きつ、唯《と》見れば一枝の、花簪《はなかんざし》の徽章

の如く我胸に懸れるが、ゆらぐばかりに動悸烈しき、お香の胸とおのが胸とは、ひたと合ひてぞ放れがたき。両手を静にふり払ひて、

『お退《ど》き』

『え、何《ど》うするの。』

とお香は下より巡査の顔を見上げたり。

『伯父さんを？』

『伯父でなくつて誰が落ちた。』

『でも貴下《あなた》。』

巡査は厳然《げんぜん》として、

『職務だ。』

『だつて貴下。』

巡査は冷かに、『職掌だ。』

お香は俄《にわか》に心着き、また更に蒼くなりて、

『おゝ、そしてまあ貴下はちつとも泳《およぎ》を知らないぢやありませんか。』

『職掌だ。』

『それだつて。』

『不可《いか》ん、駄目だもう、僕も殺したいほどの老爺《おやじ》だが、職務だ！断念《あきらめ》ろ。』と、ひきとめるお香の手を払いのけ、みすみす溺れ死ぬとわかっていながら、「職掌だ」と老人を救うために堀へとびこんでいく。

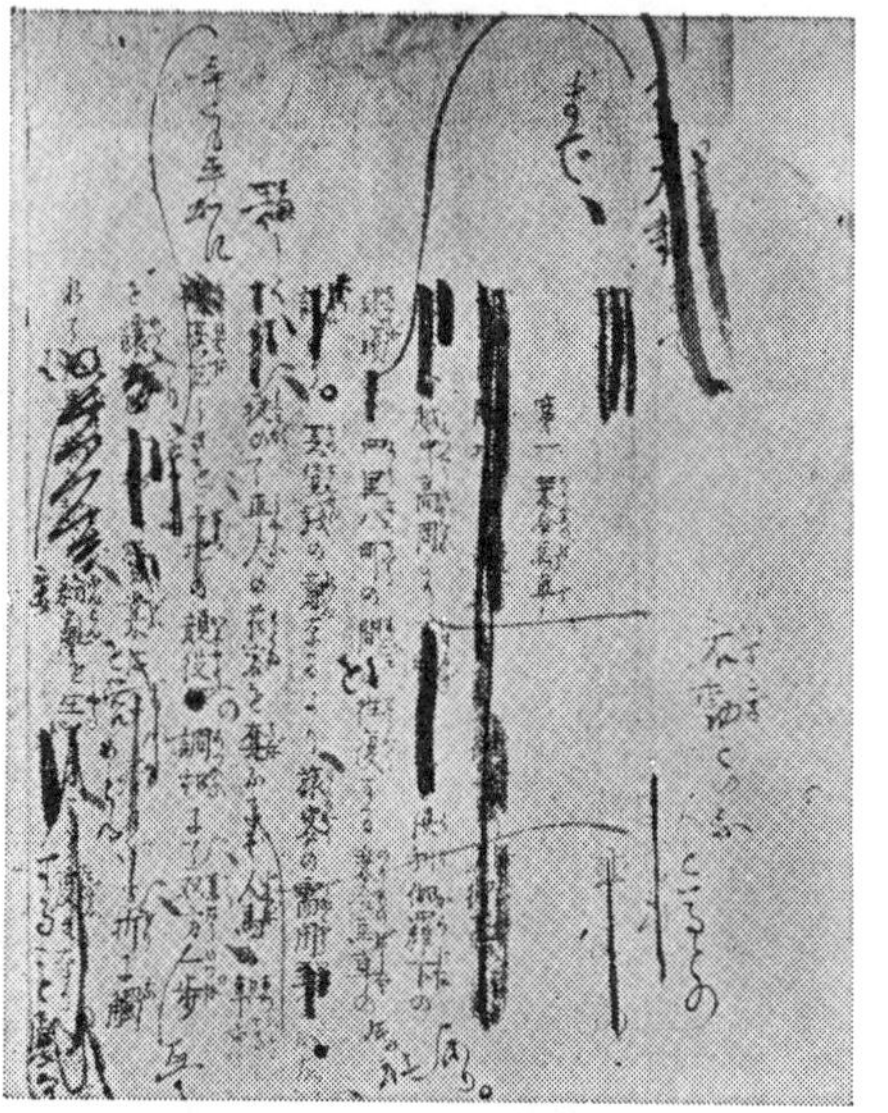

『義血俠血』の原稿

深刻小説の出現

明治二十六年五月、「京都日々新聞」に『冠弥左衛門』を連載以来、『活人形』『金時計』『両頭蛇』『予備兵』『義血俠血』『貧民倶楽部』『夜明けまで』……等、鏡花は極貧の生活に耐えてつぎつぎと発表していった。処女作『冠弥左衛門』が、たいへんな不評であったことはすでに述べた。しかし、それ以外の作品においても、鏡花作品と銘うって、今日のわれわれの批判に耐えうるものは乏しい。鏡花の事実上の処女作と称すべきものは、この『夜行巡査』の出現にまたなければならなかった。

とかく、才子佳人を登場させ、安易でつじつまのあったきれいごとの恋愛事件を、無批判で皮相的な写実に終始するのが、硯友社を含めての、当時おおかたの傾向であった。その風潮の中から、鏡花が、この『夜行巡査』をものして、人生の現実面に深刻に触れようとしたことは、当時としては注目するべきことであった。鏡花は、この作によって、はじめて、たんに硯友社系の一員という地位から、独立した作家としての第一歩を踏み出したのである。作家が、読者をして楽しませることは、もちろん大事なことである。しかし、それ以上に意義あることは、人生の中から隠されている真実をえぐり出してきて、これを読者の前に提示することであった。これこそ、作家の精神とも呼ぶべきものである。そして、この点の有無こそ、江戸後期から明治初期の戯作者たちと、近代作家とを分ける本質的な差でもある。しかも、この年の前年、明治二十七年には、日本が近代国家として誕生後の最初の試練ともいうべき日清戦争が始まっている。そのためナショナリズム的傾向が目立ちはじめ、時世におもねった安価な軍事小説、戦争詩の氾濫、そしてこの一方、この風潮に抗して、文壇の若い世代からは、戦争の暗黒面や、社会生活の矛盾を指摘する叫びも高まりつつある時代であった。したがって鏡花は、当時の若い世代の代表選手として、喝采《かっさい》を以て迎えられたのである。

作家としての足がかりを築いた鏡花は、つづいて同年の六月、これも同じ「文芸倶楽部」に『外科室』を発表したが、この二作に対して、また同じ硯友社の川上眉山の『うらおもて』『書記官』等の作品に対して、田岡嶺雲が観念小説の称号を与えた。その作風は、一口にいえば、社会や家庭生活の暗黒面にスポットをあてて、読者に問題を提出することにあるが、この『夜行巡査』においては、お香の伯父を救うために、八田巡査が、水中にとびこむ終末に、その観念（テーマ）がはっきりと表わされている。

「あはれ八田は警官として、社会より荷《にな》へる負債を消却せむがため、あくまで其死せむことを、寧ろ殺さむことを欲しつゝありし悪魔を救はむとて、氷点の冷、水凍る夜半に泳を知らざる身の、生命《いのち》とともに愛を棄てぬ。後日社会は一般に八田巡査を仁なりと称せり。あゝ果して仁なりや、然も一人《いちにん》の渠《かれ》が残忍苛酷にして、如《じょ》すべき老車夫を懲罰し、憐むべき母と子を厳責したりし尽瘁《じんすい》を、讃歎するもの無きはいかん。」

ここに作者の批判的精神を見ることが出来る。つまり作者は、社会一般は、職務によった八田巡査入水の行為を「仁」として賞讃したが、それならば、老車夫や、乞食の母子を追い払ったのも、同じように職務としてやったことだから仁というべきではないか、というのである。だが、冷静に考えてみると、現実の問題として、いくら職務のためとはいえ、みすみす溺死するとわかっていながら水中に入るような人間が存在するだろうか。もし存在するとしたら、それはもはや職務観の問題ではない。人の死を黙視することができない、なんとかしなければ、という強い人間愛に根ざさなければならないはずである。それほど深い愛情の持主が、老車夫や、乞食の親子を、なんのためらいもなく、簡単に職務のためと割り切って追いたてるようなことはできないはずである。こんな点に関しては当時の批評家も気づいていたことであって、……物語の進行や、登場人物の行為には多くの不自然さが見られる（「国民之友」）……というような批判も、すでに受けていたようである。だが、そのような欠陥には気づきながらも、

「着想奇抜にして深刻、少しく自然を欠くと雖も、吾文壇に思想の横溢し来らむとするを喜ぶべし。」
（「帝国文学」）

と、いうのが、当時の文壇の集約的な評のようであった。作者自身の回想では、

「世評轟々として喧しく、褒貶相半ばす。否寧ろ罵評の包囲なりき。」

と記してはいるが、読書界からは大いに歓迎されたと見てよいと思う。それは、この『夜行巡査』の発表以後、この観念小説の傾向を、いっそう強めた作品群、文学史上、悲惨小説と呼びならわされている一連の作品、具体的には、広津柳浪の『黒蜥蜴』・『変目伝』『今戸心中』・『河内屋』、また、社会小説の名によって知られている、内田魯庵の『くれの二十八日』『落紅』等が、ぞくぞくと出現してきたことによってもわかるのである。

たしかに、今日的な文芸意識からすれば、この程度の問題提起を、はたして「思想」と呼べるかと首をかしげたくなるが、やはり、このことは明治中期という時点にたって、はじめて、歴史的な意義を見出しうることなのである。

この八田巡査のモデルとしては『レ・ミゼラブル』作中の警視ジャベルであろうと、当時取り沙汰されたらしい。たしかに、われわれは八田巡査という人間については、極端な誇張を感じるのではあるが、しかし現実には、これに類する役人タイプや、ことの本質にまでさかのぼることの出来ない形式主義は、今日のわれわれの周囲にも意外と多く見出されるのではあるまいか。

「外科室」

「四月、『夜行巡査』を「文芸倶楽部」に発表、「青年文」誌上田岡嶺雲氏の讃を受く、つづいて『外科室』深夜に成りて、「文芸倶楽部」巻頭に盛装して出づ……」

と、その年譜に記されてあるところを見ると、『夜行巡査』の好評に気をよくした鏡花が、余勢をかって一気に書き上げたものらしい。また「文芸倶楽部」の編集者も、新しい文壇の担い手として、鏡花に期待することが大きかったのであろうか、この作品は本書の巻頭に載せたのである。

かつて、「文学界」を創刊（明二六・一）、これによってローマン主義文学運動を起こした若き論客北村透谷が「恋愛なくしてなんの人生ぞや」と叫んだが、鏡花の恋愛至上主義の烈しさもそれに劣るものではなかった。

結婚観

ところで、鏡花が、日ごろから抱いていた恋愛観・結婚観とはどんなものであったろうか。明治二十八年五月、というと『夜行巡査』発表の翌月、『外科室』発表の前月になるが、雑誌「太陽」に載せた論文によってうかがってみよう。

「媒妁《ばいしゃく》人先づめでたしと、舅姑《しゅうと》またいふめでたしと、親類等皆いふめでたしと、知己朋友皆いふめでたしと、渠《かれ》等は欣々然《きんきんぜん》として新夫婦の婚姻を祝す、婚礼果してめでたきか。」

と、疑問を提出、小説の世界においての結婚は、すべて多難な恋愛の結末として到達するところだからこれは別であるとことわって、一般においては、女性の不幸は結婚によってはじまるものだという。結婚とは、夫のため知己親類のため、奴僕のため、村のため、家のため……に女が泣くことであるという。そしてむしろ、

「情死、駈落、勘当等、これ皆愛の分擁たり。すなわち其人のために喜び、其人のために祝して、これをめでたしといはむも可なり」

という。

「人の未《い》まだ結婚せざるや、愛は自由なり。諺《ことわざ》に曰く、『恋に上下の隔《へだて》なし』と。然り何人が何人を恋するも誰かこれを非なりとせむ。一旦結婚したる婦人はこれ婦人といふものにあらずして、寧ろ妻といへる一種女性の人間なり。吾人は渠《かれ》を愛すること能はず、否愛すること能はざるにあらず、社会がこれを許さざるなり。愛することを得ざらしむるなり。要するに社会の婚姻は愛を束縛して、圧制して、自由を剝奪せむがために造られたる、残絶、酷絶の判法なりとす。」

しかし、だからといって鏡花は結婚を否定したわけではない。結婚をすることは、親に対する孝道であり、家に対する責任であり、友人に対する礼儀でもあり、つまり「社会に対する義務」であると結論、そして、そのような義務を果たそうとする新夫婦に向かって、周囲の者は、祝すのではなくて、むしろこれに感

謝をするべきだと結ぶのである。

後半の方では、社会に対する義務をとなえたり、常識的になっているが、かれの言おうとする本心は、世俗的な結婚に対する不満と怒りであった。それは、

「下女に飯を炊かし、妻に膳拵《こしらえ》させて、それが即ち良家庭を完うしたのだというが如き……」（「女優力枝評」明三九・一二）

という一文にも、世間なみの良い家庭に対する批判が見られるのである。

この論文を書いた四年後、かれは神楽坂の芸妓桃太郎（後のすず夫人）と、師の反対をおしきっての熱烈な恋愛をする。もちろん、すず夫人の魅力はさることながら、やはり、つねづね抱いていた結婚観によるものだといえよう。鏡花の作品に表れる悪役とは、かならず「愛を束縛して、圧制して、自由を剝奪……」する世俗の男性である。翌年の二十九年、同じく「文芸倶楽部」に載せた『化銀杏』では、人妻が、愛する少年芳之助に、

「しかしね芳さん、世の中は何と無理なものだろう。唯式三献《おさかずき》をしたばかりで、夫だの、妻だのツて、妙なものが出来上つてさ。女の体はまるで男のものになつて、何をいはれてもはいはいつて従はないと、イヤ不貞腐《ふてくされ》だの、女の道を知らないのと、世間で種々《いろいろ》なことをいふよ。

一体、操を守れだの、良人に従へだのという掟かなんか知らないが、さういつたやうなことを極めたのは、誰だと、まあ、お思ひだえ。一度婚礼をすりや庇者《きずもの》だの、離縁《さら》れるのは女の恥だのツて、人の体を自

由にさせないで、死ぬよりつらい思いをしても、一生嫌な者の傍《そば》についてなくちゃあならないといふのは、何ういふ理窟だらう、わからないぢやないかね……」

といわせている。

また、これより十二年後に執筆した『婦系図』のフィナーレに近いクライマックスで、早瀬主税が、政界の野心家河野英臣と対決するに当たって、

「凡そ世の中に、家の為に、女の児を親勝手に縁付けるほど惨《むご》たらしい事はねえ。お為ごかしに理窟を言つて、動きの取れないやうに説得すりや、十六や七の何にも知らない、無垢な女《むすめ》が、頭《かぶり》一ツ掉《ふ》り得るものか。羞含《はにかん》で、ぼうと成つて、俯向くので話が極つて、赫《くわつ》と逆上《のぼ》せた奴を車に乗せて、回生剤《きつけ》のやうに酒をのませる、此奴を三々九度と云ふのよ。其処で寐て起りや人の女房だ。」

と、世の常の結婚をののしって、

「娘が惚れた男に添はせりや、譬ひ味噌漉《みそこし》を提げたつて、玉の冠を被つたよりは嬉しがるのを知らねえか。傍の目からは筵《むしろ》と見えても、当人には綾錦だ。」

と、真の結婚とは、愛以外の結びつきによるものでないと、たんかを切らせているのである。

この『外科室』については、特にモデルというほどのものはないが、『鏡花小解』によると、

「小石川植物園に、うつくしく気高き人を見たるは事実なり。やがて夜の十二時頃より、明けがたまでに此《これ》を稿す。早きが手ぎはにあらず、其の事の思出のみ」とある。

ストーリー

大学病院外科室ベットの上では、さきほどから貴船伯爵夫人が横たわっていた。夫人は、夫をはじめ取り囲む、近親者や知人を困らせていた。というのは、夫人はこれから胸部を手術しなければならないのだが、どうしても麻酔薬を飲まないといいはるのである。まわりの者が強《し》いると、

「夫人の眉は動き、口は曲《ゆが》みて、瞬間苦痛に堪へざるが如くなりし。半ば目を瞬《みひら》きて『そんなに強ひるなら仕方がない。私はね心に一つ秘密がある。麻酔薬は譫言《うわごと》を謂ふと申すから、それが恐くてなりません。

何卒《どうぞ》もう、眠らずにお療治が出来ないやうなら、もうもう快《なお》らんでもよい、よして下さい。』」

とまでいいはる始末であったが、ついには、

「なに『私はぢつとして居る。動きあしないから切つておくれ』……」

とみずから胸元をおしひろげるばかりの健気《けな》さであった。

この外科室の中で、さきほどからいすに腰掛けて、冷静に夫人や周囲を見つめていた高峰医学士は、

「一時を後れては、取返しがなりません。……感情をとやかくいふのは姑息《こそく》です。看護婦一寸お押へ申せ。」

と冷めたく言い放って立ち上がった。夫人もそれにこたえて、

「さ、殺されても痛かあない。ちつとも動きやしないから、大丈夫だよ。切つても可い」

と、決然という。ついに高峰はメスを取り上げた。

高峰のメスは、ためらうことなく、なま身の貴船夫人の胸の肉に突き刺った。

「唯見《と》れば雪の寒紅梅、血汐は胸よりつと流れて、さと白衣を染むるとともに、夫人の顔は蠟の如く、いと真白になりけるが、果せるかな自若として、足の指をも動かさざり。」

むしろ、周囲の人たちの方が、残酷とも、すさまじいともいいようない光景にほとんど失神しそうになるのであった。

だが、そのメスが、骨に到達しようとしたとき、夫人は「あ！」と小さく叫んで上半身を起こし、メスを振う高峰の手を強く摑んだのであった。

「痛みますか」

「否《いいえ》、貴下《あなた》だから、貴下だから。……」

こういつた夫人は、高峰医学士を目つめ、

「でも、貴下は、貴下は、私を知りますまい……」

といって、メスを持った高峰の手に自分の手を添えたかと思うと、自分の乳の下に深々とメスを突き立てたのである。高峰は、顔面蒼白となりながらも、しかし、きっぱりと、

「忘れません。」

と短かく言いきったのである。

「其声、其呼吸、其姿、其声、其呼吸、其姿。伯爵夫人は嬉しげに、いとあどけなき微笑《えみ》を含みて高峰の手より手をはなし、ばつたり、枕に伏すぞ見えし、唇の色変りたり。

其時の二人が状《さま》、恰《あたか》も二人の身辺には、天なく、地なく社会なく、全く人なきが如くなりし。」


話は九年前にさかのぼる。

夫人が、まだ貴船伯爵に嫁ぐ以前。彼女は偶然の機会に、小石川植物園で、ひとりの青年を見染めたのである。彼女は結婚しても、心は一筋に、この見知らぬ青年を恋い慕った。一方、青年の方も、まったく同じ思いで、彼女の幻影に取りつかれたまま、結婚もしないで過してきたのである。

こうして貴船夫人は死んだ。するとその同じ日、高峰医学士も、みずからの手で生命を断った。

夫人が、かつて植物園で会った青年が、この高峰医学士であったことはいうまでもない。

天国に結ぶ恋

『夜行巡査』においては、八田巡査の振舞いを「ああ、果して仁なるや」と読者に問うた鏡花は、この作品の結末においても、

「語を寄す、天下の宗教家、渠等二人は罪悪ありて、天に行くことを得ざるべきか。」

との、問題提起を行なっている。果たして二人の恋は神の目から見れば、やはり不倫に見えるとでもいうのだろうか？と反語的に問いかけているのである。当時の社会やまた青年子女を縛り上げていた封建思想に向かっての抗議であることはまちがいない。

ところで、『夜行巡査』においては、いくらか気負った文体が気になったのであるが、この作品においては、世俗の「家」の在り方に対する作者の若々しい抗議の息づかい、また至純な恋愛は、世の常の夫婦関係より美しいと叫ぶ作者の情熱が、散文詩と呼んでもよいような、高い格調ある文体となって読者に呼びかけてくるのである。おそらく、「文学界」などによって、自我の解放に目ざめ、恋愛の自由を夢みる当代の若い青年読者の受けた感動は強かったであろう。もともと、華麗な文章家の鏡花は、どちらかといえば、筆勢が余って饒舌体に流れがちなのだが、この作品においてはそれが気にならないのだ。外科室という限定された狭い空間……生死を分かつ大手術が行なわれる、というきわめて限定された時間……この空間と時間の中において、密度の濃いドラマチックな展開をこころみる作者は、その内容にふさわしい簡潔な文体によって叙述、読者をして、一気に読み通させるだけの強いリズムをこめることに成功しているからである。

手術台の夫人は、

「其かよはげに、且つ気高く、清く、貴く美はしき病者の俤《おもかげ》……」

であるのに対して、一方、これにメスを加えるはずの高峰医学士はと見れば、

「渠は露ほどの感情をも動かし居らざるものの如く、虚心に平然たる状露《さまあらわ》れて、椅子に坐りたるは室内に唯渠のみなり。其の太《ふと》く落着きたる、これを頼母しと謂はば謂へ、伯爵夫人の爾《しか》き容体を見たる予が目よりは寧ろ心憎きばかりなりしなり」

というようすである。この段階においては、読者のだれもが、夫人と医学士とを、まったく無縁の人間、い

やむしろ、夫人の痛々しさに同情する読者は、あまりに冷然たるこの医学士の態度を、あまりにも職業的であって、非人間的なものさえ感じさせて、さらに憎悪の感さえ抱かしめるのである。ここに、物語構成上の、巧妙な伏線がある。

まわりの者たちが、夫人が、どうして麻酔薬を飲まないというのを不審に思い、果ては、その夫が、つい

「私にも聞かされぬことなのか、え？奥……」と、問い正さずにはいられない。

「『はい、誰にも聞かすことはなりません。』夫人は決然たるものありき。

『何も麻酔剤を嗅いだからつて、譫言《うわごと》を謂ふといふ、極つたことも無さそうぢやの』

『否《いいえ》、このくらゐ思つて居れば、屹《きっ》と謂ひますに違ひありません』

『そんな、また、無理を謂ふ。』

『もう、御免下さいまし』

投げ棄るが如く恁謂《こうい》ふ……」

この作者の作品のいくつかが、後年、新生新派の当り狂言となっていったが、このあたりの会話のやりとりはまさしく新派的で、通俗臭はあるが、しかし観客をして何かあるなと伏線をちらつかせ、ぐいぐいと虚構の世界に魅きこむのである。

「さ、殺されても痛かあない。ちつとも動きやしないから、大丈夫だよ。切つても可い」

美しくも嫋《たよ》やかでありながら、その態度は、きわめて毅然とした作者好みの女性である。

それに対して、今までまったく脇役とも見えた高峰医学士が、「軽く身を起した」と思うと、

「看護婦、刀《メス》を。」

といって手術台に近づく。ここで、ようやく高峰医学士は夫人とともに主役の座につくのである。

「『夫人、責任を負って手術します。』

時に高峰の風采は、一種神聖にして侵すべからざる異様のものにてありしなり。

『何うぞ。』と一言答《いら》へたる、夫人が蒼白なる両の頬に刷けるが如き紅《くれない》を潮しつ。ぢつと高峰を見つめたるまま……」

とクライマックスに到達する。ここにおいて夫人と高峰とは、無縁の人ではなかったことが、いくらかはっきりしはじめる。

ところで、この小説の「下」の部分は、この高峰と夫人との関係についての種明しの部分であるが、この小石川植物園の部分になると作品の密度が急速にうすくなる。通りがかりの美しい娘（後の伯爵夫人）を讃えるのに、通行人の対話を借りるのだが、このおしゃべりがあまりにも長い。風俗的で戯作的な遊びに堕していて、硯友社風の悪い一面を見せている。とはいっても、この通行人の対話に耳をすました青年（後の高峰医学士）が、「さも感じた面色」で、つれの画家に、

「ああ、真の美の人を動かすことあの通りさ、君はお手のものだ、勉強し給へ。」

と嘆息するあたり、美に最高の価値をおく作者の耽美精神がうかがわれる。また、雪のように美しい女の胸

にメスを加えて鮮血を流させるのは、鏡花文学によくいわれるマゾヒズム的傾向とも思える。しかし、鏡花のマゾヒズムは、異常な、単なる性的刺激としての作用よりも、それが悲壮なロマンチシズムと通いあうところに発想していることを思うべきである。鏡花文学は、本来ならば、痴情的であったり、被虐的であったりする男女を取り上げながら、ふしぎに肉欲や性情のいやらしさなまぐささがなくて、芸術的に美しく昇華されたものが多い。これは、鏡花の、生涯の作品群についていえることである。

それにしても、若人の抱く清潔高貴なロマンチシズムは、汚れて厚い世俗の壁に立ち向かうには、あまりにもはかなく脆い。鏡花もまた、そのきびしい現実を痛切に感じていたのにちがいない。この作品においては、天上的ともいえるプラトニックなラブが、作者の主観的なフィクションの中において達成させるということでさえも、やはりこの二人を、相ともに死なせずにはおかなかったのである。恋の凱歌を奏するためには、現世的には敗北という高価な代償が支払われなければならなかった。

ところでこの作品に寄せる評言の代表としては、「帝国文学」(八月号)が挙げられる。

「鏡花子は、よく人生の恨事を知れり、此恨事が常軌の道徳を以て抑圧すべからざるを知れり、然れどもその結構の奇抜に過ぐ」

謦めを含みつつも賞讃を与えているこの一文のように、たしかに、生ま身のままの人間の、しかも胸部の肉を、痳酔もかけないでメスを加えるという設定や、メスを加えた高峰の手をしっかと握った夫人が、「貴下だから……」と叫びとつぜんそこではじめて事情が判明してクライマックスに達するあたり、奇抜にすぎるきらいはある。しかし、かねてから、鏡花の心奥にひそむ恋愛至上の叫びが、一日、小石川の植物園で、美の女神のような貴婦人を見たことによって、おのずから想となって湧き、ことばとなって流れ出したものであろう。だれしもが、作りものであるとわかっていながらも、なお、感動しないではいられないなにかがある。そういう意味では、『夜行巡査』とともに、観念小説と銘うたれて並び称せられるというものの、虚構の世界においてのリアリティーにおいては、はるかに前作に勝るものがあると思う。

「照葉狂言」

往時回想　岩波発行の鏡花全集（昭和一五）の巻末にある「鏡花小解」には、この作品によせて

ふるさとの木槿《むくげ》の露
小親《こちか》の楽屋は今もなかし

とあるばかりである。透きとおる水の滴るように清純な、抒情詩の一節とも呼べるこの詞句にこそ、「照葉狂言」の発想がうかがわれる。

人間は、だれしも故郷を思う。しかし、故郷を慕う心とは、ただ単に、空間的距離的なものに寄せる心ではない。それはかならず往時への回想とも結びつく心である。過ぎ去った時間への痛みでもある。「今でない時、ここでない所」を描くのは、ローマン主義作家の好むところである。ローマン主義文学の系譜の中にこそ、確かな位置を占める鏡花が、心の底から追慕してやまない世界である。かなしいほどに美しい白雪に

『照葉狂言』の表紙

よって覆われた北国金沢の地は、耽美感性の詩人鏡花を育てた地としてまことにふさわしい。すでに、生涯編でも述べたように、幼くして母に死別した鏡花が母性を追慕するの情は、やるせないほどにひたむきなものがあった。そして鏡花は、母なし児のかれを憐れみいとおしんでくれた年上の若い女性に取りかこまれて、つねに姉弟的恋愛感情の甘美なたゆたいの中で育っていった。

『夜行巡査』『外科室』によって、一躍新進作家となった鏡花は、翌年明治二十九年に入ってからもひきつづき好調であった。一月に「国民之友」に『琵琶伝』を、「太陽」に『海城発電』を発表した。ここで、小石川の大橋乙羽宅を去って、大塚町に転居独立して、郷里の祖母きてと弟の豊春を迎えて世帯を持つに至った。さらに五月に『一之巻』を「文芸倶楽部」に、以後、『二之巻』から『六之巻』とつづけて、翌三十年一月に『誓之巻』によってこのシリーズを完結した。これら一連の作品は、いずれも郷里金沢を舞台にしたもので、幼時の追憶をもととした淡い愛の物語であった。そして、このシリーズの発表と平行して、しかもこのシリーズ決定版ともいうべき『照葉狂言』を、十月から十二月に至る三カ月間「読売新聞」に連載することになった。思えば二十七年、同じ「読売」紙上に、師紅葉のバックアップによって、なにがしの署名で『予備兵』『義血俠血』を発表して以来のことであったが、今度の連載は、師の名も借りずに、また一時しのぎのペンネームにもよらず、新進作家泉鏡花のレッテルによってのことであった。「よくぞここまで来たものだ」との感慨は、だれよりも鏡花自身が一番抱いたはずであった。

ところで、この『誓之巻』シリーズや、『照葉狂言』のような、美しくも淡く遠く、失われたこども時代への清らかな慕情によって支えられるこれら作品を、鏡花が手がけるようになった動機としては、樋口一葉の『たけくらべ』、および森鷗外の『即興詩人』の影響であるといわれる。すでに述べたように、二十八年という年は多くの新進作家が、一挙に文壇に登場してきている。そしてこの中で、鏡花が、心中ひそかにライバル視していたのは樋口一葉であった。一葉の方は、すでに二十七年『大つごもり』を発表しているとはいえ、新進作家としての声望が定まったのはやはり、二十八年の『たけくらべ』によってであった。したがって、文壇進出の歩みのテンポは、ほぼ鏡花と並んでいたといえる。鏡花と一葉とのつき合いが、どの程度のものであったかはわからないが、面識もあり、しばしば一葉宅へ訪れていたとは、すでに述べたとおりである。『誓之巻』「鏡花小解」には

「一二三四五六之巻より続けて、新年の「文芸倶楽部」に、誓之巻を稿せしは、十一月下旬なりき。

また一しきり、また一しきり、大空をめぐる風の音。

この凩《こがらし》、病む人の身を如何《いかが》する。「みりやあど。」

「みりやあど。」

目はあきらかにひらかれたり。……略

樋口一葉の、肺を病みて危篤なるを見舞ひし夜なり。」

とある。「いずれにしても、「文学界」に掲載された『たけくらべ』が、たいへんな評判となって、二十九年四月の「文芸倶楽部」にふたたび載った事実、そしてそれが、文壇の最高権威の森鷗外をして、「われは、たとい世の人に一葉崇拝のあざけりを受けんまでも、この人にまことの詩人といふ称をおくることを惜しまざるなり。」(『めざましい草』)とまでいわせた事実とは、鏡花の心を強く刺激したに違いない。

『たけくらべ』は、吉原の裏町に住む少年少女の生活を描いたものである。やがて花魁《おいらん》(遊女の一種)になることを運命づけられている大黒屋の美登利という少女を挾んで、寺の息子の信如という賢いが内気な少年と、金貸しの祖母に育てられているむじゃきな正太との、幼い恋の鞘《さや》当てを物語の筋としている。少年少女の淡い恋を、下町情緒の背景にちりばめた作品である。それが、あのように高評を得たものなら、自分は、清艶芳香たる雪の国金沢を背景にして、みずみずしい抒情小説を書いてみようと決意したことであろう。また、この作品の貢少年と女芸人小親、または広岡のお雪との清く淡い恋情は、鷗外の『即興詩人』(明二五・アンデルセン原作)の主人公アントニオとアヌンチャタとの間柄にも似ているといわれる。事実、鏡花の『即興詩人』へのほれこみ方は、

「春も秋も、分けて即興詩人は、殆ど一日も拝見しない日はないと言っていいくらゐです。……日盛の碧空を寝転んで見ながら（略）……即興詩人を読むのが会心です。」（「みなわ集」）

と、なみなみのものではなかった。

しかし、いくら『たけくらべ』や『即興詩人』が鏡花の心情に強く働きかけようとも、この『照葉狂言』は、まさしく鏡花のものである。それは、いままでじゅうぶんに目覚めていなかった鏡花のロマンチシズムが、この二作の詩情によって誘い出されたというべきであって、決して『たけくらべ』や『即興詩人』の亜流でも二番せんじでもないのである。

ストーリー　両親を亡くして、伯母に養われている美少年貢が、一人称で語る形式である。

貢の家のむかい広岡家には、かれを弟のようにかわいがってくれるお雪という少女がいた。貢は、お雪を「姉上」と呼び慕っていた。そのお雪も実母はなくて継母に育てられている薄幸な少女である。また隣家にも、ひとり住まいの女性がいて、貢が遊びにいくと、むかし話をしてくれたり、なにかと、母親のようにやさしくしてくれるのであった。

貢は、生まれつき芸ごとが好きであって近くの見世物小屋に芝居がかかると、かならず見にいくのであった。ある夕、いつものように、貢が、桜の小枝の造花をいくつも飾りつけ、「て」「り」「は」（照葉）と記した小提灯を並べた見世物小屋に入ろうとすると、とつぜん黒いもので体を覆われ抱きよせられ、その頬を強く吸われた。野衾《のぶすま》か！（年を経た大こうもり）とおどろいたが、それは、このてりは一座の花形小親という美女であった。

貢が、観客席で、小親が貸してくれた燃えるような緋鹿子の座布団を敷いていると、つねづね貢をいじめる近所の悪童国麿がやってきて、その座布団を汚い足で踏みつける。すると、ふだんはいじめられっぱなしの貢であったのに、このときは、まるで小親が汚されたように感じて、必死に抵抗するのであった。

芝居がはねて、貢は、小親に送られて帰ってくると、さきほど争った国麿が、本物の槍を構えて待伏せていた。しかし貢は、いつになく臆することなくとびかかっていって、かえって国麿をおどろかせた。そして国麿は、貢の勇気をほめ、これからはいじめないと約束して去っていった。小親に見守られてわが家に入ろうとする貢は、いつものようにむかいの家広岡の二階の窓を見上げた。そこには、いつもは、貢の足音が近づくと、かならず窓を開けて迎えてくれるはずの「姉上」が見えないのだ。それで心配になった貢は、「姉さん、ただいま帰りました。」と声をかけると、やっと雨戸があいて、お雪が姿を見せた。そしてお雪は、貢の留守中の変事を知らせてくれた。いつも貢をひとりさびしく寝かせつけておいて、花札賭博《とばく》に熱中する伯母さんとその仲間たちが、いっせいに警察に検挙されてしまったというのである。

それから八年の年月がすぎた。身よりのないままに、小親とその一座にひきとられた貢は、流浪の旅芸人として成長していった。やがて貢は、一座といっしょに故郷の街にもどってきた。それで貢は、広岡の姉上お雪がなつかしく、そっと様子をうかがいにくるのであった。偶然お雪の継母に会ってしまって、その継母の口からきくお雪の現在の身はあわれであった。……というのは、貢がこの街から去ってから、大洪水の災難を被って、広岡の家はすっかり貧乏になってしまった。そのためお雪は、計算高い継母のすすめで、金持ちのむすこというだけの理由で、婿《むこ》をとらなければならなかった。しかし、男は人情酷薄な人間であって、さんざんお雪をいじめぬいたその継母でさえあきれるばかりであった。聞くより早く、はや涙ぐむ貢の耳もとで、継母は、どうかお雪のいまの境涯を救ってやってくれと頼むのであった。それは、小親に、お雪の夫を誘惑してくれないか、という依頼であった。小親と男との情実を口実にして、離縁しようということを企てたのである。

小親には、実の弟とも、恋人ともかわいがられてきた貢であったが、一方幼い日に別れた美しい姉上お雪への思慕もまた断ちがたいものがあった。貢は、小親のもとに帰ると、事情を話して、なんとかお雪を救ってくれと頼む。小親は、貢のやさしい心情にうたれ、またお雪の運命にも同情するのであったが、しかし、貢の口からこれを聞くのは悲しいことであった。小親は貢の手をとって、

「そりやずいぶん……私が何《と》うなつても可いのかい……」

と、身もだえして泣き崩れるのであった。しかし小親は、その涙をおしぬぐって、

「つい手前勝手で、お前さんを私が処へ引張つておいて……」といい、

「あの時お雪さんの方へ行つておいでなら、又こんなことにならなかつたかも知れないものを。つい何だか、お前さんをば人ン処へやりたくなかつたので……略……東西もお分りでなかつたものをこんなにし

てしまつてさ。皆私が悪いんだね、本当に、もう何《ど》うしたら可かろうね。」

貢は、自分のためには、すべてをなげうとうとする小親の心意気に感動する。そして、なんとか、お雪姉上をしあわせにしたいと願いながらも、とはいえ、小親を不幸にするにはしのびない……と、思いあぐみ、考えぬいた末、ついに、苦悶の心のまま、ひとり旅に出てしまうのであった。

優艶哀歌

鏡花の世界に登場する女性たちは、すべてやさしく美しい上に、叩けば「きーん」と、冴えた金属音をもって応ずるような手ごたえがある。『婦系図』お蔦の江戸育ち、『高野聖』の女性の妖艶神秘な魅力、『歌行燈』のお三重の可憐《かれん》……だがしかし、肉体と官能の欲情をまったく超越した自己犠牲の崇高さをもって男を愛することの美しさでは、この小親に及ぶ女はいないのである。小親にとって、少年貢の存在はなんであろうか。

「ああ、つい、ああもしてあげよう、恁うもしてあげて、お前さんの喜ぶ顔が見たいと思ふことが山ほどにあるけれど、一つも思ふやうにならないので、それでつい僻《ひが》むのだよ。分りました。さ、分つたら、ね貢さん、可いかい、可いかい。」

「だつて余《あん》り《ま》だから。」

「ほんとはお前さんが何《なん》てたつて、朝夕顔が見ていたいの、然《そ》うすりやもう私や死んだつて怨はないよ。」

「まあ！」

「いいえ、何の、死んだつて、売られたつて……私や、一晩でもお前さんと恁うしていられさえすりや。」

女芸人小親にとって、貢少年は単なる異性ではない。弟であり、自分の人生の生き甲斐であり、すべてをなげうって悔いのない神のような存在でもある。それだからこそ、その貢がかつて自分をこよなく慈《いつく》しんでくれて、かれ自身が「姉上」と呼んで慕ったお雪が不幸な結婚をしている……と悲しみに沈む姿をまのあたりにすると、どんなことでもしてやろうという気になる。お雪を救うことによって、貢が嬉しいのなら、そのためには、色仕掛で、お雪の夫を誘惑することさえ決意するのである。しかも、しがない女旅芸人の行く末に、この貢を夫にして頼っていこうとする気持ちさえ抱いていない。かつて、一座の花形であった先輩の女芸人小六が、年老いて売られていき、今は、見世物小屋の磔《はりつけ》にされる役柄専門であるという。小親は、自分の老いの先が、この先輩の落ちていく運命とちがわないことを予期していながらも、それはもって生まれた運命と、悲しく諦めている。だが、老いさらばえて、見世物小屋の磔台に登ろうとも、せめてその台の上からでも、貢の姿を見とどけて生きていきたいと願う心情は、やりきれないほどにいじらしくせつない。たびたび述べたように、幼くして母に死別した鏡花は、少年時代から年上の美女に母の幻影を抱きつづけて生きてきた。そのためもあって、かれの作品に登場する男たちは能動的に異性を愛していこうとするより、むしろ愛されたいと願う受身のタイプが、しばしば登場する。そして貢少年は、その代表的存在なのである。それは、かつて少年期の鏡花のひそかなる願望の、絢爛たる開花結実なのである。

作品の前半部、まだわらべの貢が、小親の芝居小屋で、

「緋鹿子を合せて両面着けて、黒き天鵞絨《ビロード》の縁《へり》取りたる綿厚き座布団」を借りて敷いていると、町内の悪童国麿が、

「あんな奴の敷いたものに乗つかる奴があるもんか」

とあざ笑う。国麿は、つねに士族の家柄を誇る身である。しかし貢は、日ごろの気の弱さに似合わず抵抗の気構えを見せる。そして国麿から、

「うむ、豪勢なことを言はあ。平民も平民、汝《きさま》の内《うち》や芸妓屋《げいしゃ》ぢやないか。芸妓も乞食も同一《おんなじ》だい。だから乞食の布団になんか坐るんだ。」

と、ののしられると、ふだんは、

「娼家の児よと言はるる毎に、不断は面《おもて》を背《そむ》けたれど……」

このときに限っては、恥しいとは思わなくなった。というのは、同様に女芸人と恥ずかしめられながらも、

「見よ、見よ、一たび舞台に立たむか。小親が軽き身の働、躍れば地《つち》に褄《つま》を着けず、舞の袖の翻るは、宙に羽衣懸ると見ゆ。長刀《なぎなた》かつぎてゆらりと出づれば、手に抗《た》つ敵のありとも見えず。足拍子踏んで大手を拡げ、颯《さつ》と退いて、衝《つ》と進む、疾《と》きこと雷の如き時あり、見物は喝采しき。軽きこと鵞毛の如き時あり、見物は喝采しき。重きこと山の如き時あり、見物は襟を正しき。うつくしきこと神の如き時あり、見物は恍《こう》惚《こつ》たりき。かくても見てなほ乞食と罵《ののし》る、然《さ》は乞食の布団に坐して、何等疲《やま》しきことあらむ」

ということばの中には、鏡花の遊女を最下層と見る世俗の通念に抗する主体的精神、また、芸道の真髄を讃

える芸術至上主義がうかがえる。これは鏡花が、加賀百万石のお抱え彫金師であった父系と、幽玄神渺《びょう》たる能楽師との、いってみれば、かれが受けついだ家系の血の叫びにほかならない。このような家系と、もって生まれたロマンチシズムの天性を持ち合わせた鏡花にとって、生涯かかげられた大義名分の旗じるしは、美を守ることに在ったのである。

「国麿は、ヌト立ちつつ、褄《つま》取りからげて、足を、小親がわれ（貢）に座を設けし緋鹿子に乗せむとす。止むなく少しく身を退きしが、唯《と》見れば足袋も穿きもせで、そこら跣足《はだし》にてあるく男の、足の裏太く汚れて見ゆ。ここに乗せなばあとつけなむ、土足に此の優しきもの踏ますべきや……」

と、ついに小親の貸し与えたきれいな布団を敷かせなかった貢。ここに鏡花の、美こそ最上の哲理であるとする耽美主義と、そして、神が、地上界に与えた美の化身としての女性を讃え、生命を賭してこれをおし戴こうとするフェミニズムを見ることが出来る。

ところで、八年ぶりに、「てりは一座」とともに郷里へもどってきたとき、広岡の家のお雪、すなわち「姉上」の不幸をきいた貢の悲しみはいかばかりであったろうか。

「興行の収入《みいり》も思ふままならで、今年此地に来りしにも、小親は大方ならず人に金借りたるなり。楽しき境遇にはあらざれども、小親はいつも楽しげなりき。こなたも姉と思ふ人なり。姉とも思ふ人なり。

然《さ》りながら、ここにまた姉上（お雪）と思ひまゐらせし女《ひと》こそあれ。」

と、貢はふたりの女性の愛の谷間にあって、苦しみ悲しみ、思いわずらうのである。しかし、それは、幼くして母に別れた作者の、年上の女性を追慕し、これに愛されたいと願う甘美な抒情の中に身を浸らせていることでもある。

「熟《いず》れか非なる。わが小親を売りて養子の手より姉上を救ひ参らせむか、はた姉上をさし置きて、小親とともに世を楽しく送らむか、いづれか是なる、いづれか非なる。あはれわれ此間に処していかにせむと、手を拱《こまね》きて歩行《あり》くなりき。」

人が、現実に生きていくということは、絶えず二者択一の決断を迫られるということであるが、鏡花文学では、この矛盾をどのように越えていったのであろうか。

「しづかに考へ決《さだ》むとて、ふらふらと仮小屋を小親が知らぬ間に出でて……」

いつの間にか貢は山路にさしかかっていた。思いあぐみ、歩き疲れた貢であったが、ふと耳を傾ける。

「草に坐して、耳を傾けぬ。さまざまのこと聞えて、ものの音響き渡る。脳苦《つむり》しければ、目を眠りて静に居つ。

やや落着く時、耳のなかにものの聞ゆるが、しばしば止みたるに、頭上なる峰の方にて清き謡の声聞えたり。」

どこからともなくきこえてくる謡曲は「松風」の曲であった。

こうしてラストシーンとなる。物語の展開は、夢とも現実《うつつ》とも分かち難い、いってみれば中世的幽玄の世

界に、妖しくも美しく溶け入って消える。そして文体もまた、貢の耳が謡いを聞くだけではなく、

「唯《と》見れば明星、松の枝長くさす、北の天にきらめきて、またたき、またたき、またたきたる後、拭うて取りたるやうに白くなりて、しらしらと立つ霧の中より、麓の川見え、森の影見え、やがてわが小路ぞ見えたる。襟を正して曰く、聞け、彼処にある者。わが心定まりたり。いでさらば山を越えてわれ行かむ」

と、筆の走りもまた謡曲の詞章を思わせるように流れていくのである。

こうして貢（鏡花）の選んだ生とは、二者択一という現実から遊離して超現実の世界、中世的幽玄の世界に歩み去っていくのである。優美哀切きわまりないその後姿を見せながらも——。

高野聖

「二度目の『新小説』の第一号は、私が大塚に居りました頃発刊になりました」（「おもて二階」明三八・一）と、鏡花が語っているこの「新小説」は、「一寸《ちょっと》見ても立派な雑誌」であったという。さらに鏡花はこの談話の中で、「新小説」のころを、

「その時分は、後藤さん、小杉さん、島村さん、などといふ今はいづれも国持城持のお歴々が……（略）……一番乗一番槍の真最中、新小説が発刊になつたのは、ござんなれよき敵といふ気がして、驚破《すわ》といふ時には若輩ながら、という意気込みでした。」

語りの伝統

と語っている。後藤は宙外、小杉は天外、島村は抱月をそれぞれさす。こうした新進作家としての旺盛な自負心の中から『高野聖』は生まれたのである。

『高野聖』は、この年「新小説」三月号に載ったもので、

「雑誌は三月の分から後藤さんということになりました。私に何か一つ勤めろといふので其の時のが、高野聖……。」（「おもて二階」）

といっている。

「新小説」は、大正になると通俗的な読物に堕し、昭和二年に廃刊になったが、一時は、漱石の『草枕』や、また自然主義の代表作田山花袋の『蒲団』なども掲載された雑誌である。

この『高野聖』は、中国小説「板橋店三娘子」にヒントを得た（吉田精一他）と指摘されているが、鏡花自身の口からはさらに一老人の体験談からともいわれている。

『高野聖』の挿絵

「『高野聖』ですか、あれは別にモデルはありませんよ。私の想像で」

と、鏡花は、いちおうことわっておいて、

「飛驒の山中と云つたら随分ひどいところで、『高野聖』に書いてあるやうな、人も通はないところです。私の友人が山中の宿についたときに、体が疲れて汗をかいたものだから裏の谷川に出た所に美しい田舎娘と出喰はしたのを聞きまして、想像を加へたのです、ええ？あの女ですか、書くのには随分困りましたよ、何処か気高い所を見せなければ感興をぶちこはしてしまひますからな……

又坊さんの方ですネ、あれも商人とか何とかにすれば全くつまらなくなつてしまひます。絵師や詩人なども配合がよくありません、それでまづ坊さんが幾分配合がよいだらうと思つたのです。」（「創作苦心談」明三四・三）

といっている。鏡花ロマンチシズムには、あらゆる美の要素が含まれてはいるが、本作のような神秘的怪異的とも呼べる世界もまた作者特有のものである。中国小説からのヒント、また近世の上田秋成の『青頭巾』などの影響という以上に、自身の心の中に常に幻想美の小宇宙を抱かずには生きられないという、作者の天性を思わないわけにはいかない。

　ところで、作者が、『高野聖』というこの題名をえらんだ由来について考えてみよう。というのは、この題名が、作者が好んで生涯用いた「語り」のスタイルによる小説作法に関係がありそうに思えるからである。

　語源的には、ひじりは日知りであり、古代農耕生活において、暦のわかる人間、したがって、種まき、収穫の時期をわきまえている人間、つまり農耕生活の管理指導者の称であった。

　ところがこのことばは、平安末期日本の既成宗教と新興宗教とが、大きく交替する時期において、新しい意義をもつことばとなっていった。それまでは、貴族に出入りしていればよかった教団も、貴族の没落後、武士階級の抬頭、民衆運動の活発化とともに、広く大衆教化に乗り出していかなければ、宗教家としての誇りはもちろん、教団の存続も不可能となっていった。このような時代を背景に、既成の教団とは関係なく、たくましい修験者の一群が発生していった。かれらは、荒い修行ときびしい生活を実践することによって民衆の支持を受け、一方、仏教談・極楽往生談を、わかりやすく民衆に説いて聞かせ、各地を遍歴していったのである。有名な『今昔物語』なども、かれらによって集められ、またかれらにひろめられていったものであるし、もとは、三巻であった『平家物語』を、十二巻にまでひろげていったのも、ある部分は、かれらによって挿入された説話群による。

彼等の一群中、浄土宗の人たちもまた、このひじりとして諸国を遊行、そして、高野山のような霊場に集まっては、めいめい、なぜ仏道に入ったかの発心由来のざんげ話（『三人法師』『高野物語』）をしたものである。高野に集まったひじりは、また東西に分かれ、民衆教化のために、おもしろおかしく法話を語り、それによって生活をしていったものである。貴族によって権威づけられていた仏教界からは、むしろ無頼漢のように憎まればかにされながらも、このような生活をつづけていったところに、この中世という時代にふさわしい実践者の面目がある。つまり「高野ひじり」とは、僧であるとともに、語りをも、半ば職業のようにした旅人群でもあった。

鏡花の『高野聖』の題名も、鏡花のたくみな語り口も、そして本作品のざんげ話という発想も、いわゆる歴史上の『高野聖』と無縁ではないと思われる。

ストーリー

旅人の筆者は、旅宿でひとりの旅僧に出会った。一見みすぼらしげな僧であったが、実は高野山に籍を置く高名の僧であった。僧の話は、つぎのような、ふしぎとも怪しいとも、また、夢とも現実《うつつ》ともわからぬ追憶談であった。

信州へ入る深山の二また道で僧ははたとまどう。土地の人に聞くと、真直《まっすぐ》が本道で、左は近道である。しかし、その近道は、たいへん危険な道で命とりにもなりかねないという。ところが、僧の前をいった薬売りが、その命とりの道を歩いていったと知ると、やはりそこは人を救う出家の身、見殺しにすることも出来ないで後を追っていった。

草深い道をどこまでも歩いていくと、両側から厓《がけ》がせり出して迫ってくる気味の悪い道となった。と、行く手に、僧の一番苦手な蛇が無数に道をよぎっていくのが見えた。頭と尻尾の部分を喰いちぎられた、胴の太いことおどろくばかりの大蛇の死体があったりして、僧はほとんど発狂するばかりの恐しさ。

やっとの思いでそこを走りぬけると、今度は、ぼたり、ぼたりと、笠に肩に体中に降り落ちてくるものがある。雨かと思って見上げるとそうではなくて、昼でも暗い大森林の枝という枝にまっ黒にたかっている山《やま》蛭《ひる》が、通りすがりの動物たちの血を吸うために降ってくるのであった。

「人の来るのを待ちうけて、永い久しい間何《と》の位何石（一石は一八〇リットル）かの血を吸ふと、其処でこの虫の望が叶ふ。其の時はありツたけの蛭が不残《のこらず》吸つただけの人間の血を吐き出すと、其がために土がとけて山一つ一面に血と泥との大沼にかはるであらう。」

というおそろしさ。僧は、もう手当り次第むちゅうで、体中に吸いついた山蛭を千切って投げ捨て、狂ったように駈け出した。息せききって苦しく、いまにも目がくらんで倒れそうになったときである。とつぜん原始林がとだえてぽっかりとした青空の下に出た。僧はほっと一息ついて坂道を下っていくと、一軒家にたどりついた。

この山中の一軒家の縁側には、白痴と思える醜い小男がいた。僧が声をかけて見たが受けこたえはない。するとこのとき、この世の人間とは思えない美しい女が出てきた。僧は、地獄で仏に出会った思いで一夜の宿を頼むと、女は二つ返事で引きうけてくれた。そこへ、またひとりのおやじが姿を見せた。すると、女はそのおやじに、白痴のめんどうを頼んでおいてから、僧をうながして歩き出した。親切にも汗を流すように谷川へ案内してやるのであった。ずんずん谷を下っていくと、かたわらの草むらから、ひき蛙が女の足にからみついた。女は、それをまるで人間に向かっていうように、

「お客様が被在《いらっしゃ》るではないか、人の足なんかに搦って、贅沢《ぜいたく》じゃないか、お前達は虫を吸つてゐれば沢山だよ」

と、叱りつけるのであった。

やがて美しい流れへ出た。遠くですさまじい水の音がしてくる。女は、その昔、大洪水でこのあたり一面の底になった折の話をしたりしながら、水の中に入るための身づくろいをした。流れに踏みこんだ女は、冷い水で米をとぎおわって、ふと水中に立ちつくしたまま空を仰いだ。いつのまにかもう日は暮れて月が出ている。女の襟元はいくらかはだけて、珠のような乳の端が見えた。女は、しばらくそのふくよかな胸を反らしたまま立っていた。

その女の美しい姿態に陶酔してしまった僧は、ふとわれに返って目のやり場に困った。すると女は、背中を流してあげましようと、返事もさせずに、後からす早く僧の衣服をはぎとった。女は、僧の裸体に水をかけてはさすってやった。僧は、後からひたと身を寄せる女の柔かい体を感じて花びらに包まれたような気分になった。ついうっとりとして足を滑らし水中に倒れそうになったとたん、危うく女が抱えとめてくれた。

「失礼」

というと、女は、

「いいえ、誰も見て居りはしませんよ」

と、すましていった。見ると、女もいつのまにか着物を脱いで、練絹のような裸身を露《あら》わしていたのである。

やがて女は、自分も流れをすくっては、体の汗を流すのであった。

「手を上げて黒髪をおさえながら腋の下を手拭き、あとを両手で絞りなが立つた女、ただこれ雪のやうなのを恁《かか》る霊水で清めた、恁う云う女の汗は薄紅《うすくれない》になつて流れよう。

一寸《ちよい》一寸《ちよい》と櫛を入れて、

（まあ、女がこんなお転婆をいたしまして、川へ落《おつ》こちたら何《ど》うしませう、川下へ流れて出ましたら、村里の者が何といつて見ませうね。）

（白桃の花だと思ひます。）と弗《ふ》と心付いて何の気もなしにいふと、顔が合うた。

すると、然《さ》も嬉しさに莞爾《にっこり》して、其時だけは初々しう年紀《としごろ》も七ツ八ツ若やぐばかり、処女《きむすめ》の羞を含んで下を向いた。」

やがて、元の道に帰ってくると、先ほど、るすを頼んでおいたおやじが、馬小屋から馬をひき出してきたところだった。ところが、どうしたことか、馬は女を見ると四脚をふんばって動き出さない。すると女は馬の前に立って、襟元を思いきってはだけて、あの美しい素肌を見せた。馬は、その女の仕ぐさで、大きくひとつ身ぶるいした後、すなおになって歩き出した。

その夜ふけ、僧が寝つかれないでいると、戸外では、けものの足音、鳥の羽ばたき、鳴き声……あらゆる動物たちが、この一軒家の周囲を取り巻いている気配がした。そのぶきみさに、僧は生きた心地もなく、ただ経文を唱えるばかりであった。すると、納戸《なんど》の方で、女のうなされる声がした。そして、なおもけものたちが騒がしいと、女の起き上がる気配がして、

「今夜はお客様があるよ」

と、叫ぶような声がした。

翌朝、僧はこの家を出発した。昼ごろ、里近くにたどりついたが、そこで、きのう、女の家の馬小屋から馬を引き出したおやじに出会った。僧は、内心では、今すぐでもあの一軒家にひき返し、僧侶の業を放棄して、あの美しい女と生涯を送ろうか、とまで考えていたところであった。しかし、そのおやじから、女の正体を聞かされてびっくりした。

女は、もとは医者の娘であったが、どんな病気でも、彼女が手を触れると全治するというふしぎな魔力を持っていた。ところがある年、この村に大洪水があって、一村ことごとく流失、生き残ったのは、馬をひいていたおやじと、白痴と、娘の三人だけとなってしまった。そして、三人の奇妙な生活がはじまった。

やがて女は、年経るごとに融通自在、この一軒家を通りかかる旅人が、女の美しさに魅かれてこれと交わると、女は男に息を吹きかけて動物に変えてしまう。現に、僧の前を行った薬売りは、昨日、おやじが里へひいていって売った馬に変身させられたものだし、また、一晩中、家を囲んでわめきたてた鳥やけものたちも、もとはといえばすべて男の旅人であったのだ、という話を告げられたのであった。

詩人鏡花

全体を大きく分けると、旅をする若者の話、旅僧、つまり高野聖の怪奇艶麗な追憶談、女に仕えているおやじの怪異な打明け談……と三つの部分からなっていて、謡曲の仕型話のスタイルを取り上げたといわれる。もちろん旅僧の話が主要部分である。われわれ読者は作者の豊かな空想力、絢爛として色とりどりの美しい語彙、流れるようにリズムある文体に乗せられ、神秘霊妙な幽境の怪異におびえつつも、物語の世界に浸る醍醐味をあますところなく与えてくれるのである。

それゆえ、この作品には鏡花芸術のすべてが含まれているといってよい。しかし、いくらか他の作品と趣を異にしている点はといえば、魔女を登場させていることであろう。だが、魔女という条件を除けば、女がこの上なく芳麗であることや、男よりも年上であること、そして物語の怪異な現象が、セックスを媒体として起こりながら、それでいてセックスを感じさせない清潔さ、非官能で優雅な情趣をにおわせていることも、他の作品と同様である。

およそ鏡花の作品に登場するほどの女性は、いずれも美しく上品である上に、貞淑であって「二夫にまみえる」ということはない。にもかかわらず、この作品の主人公に限っては、例外である。魔女も魔女、「然もうまれつきの色好み、殊に又若いのが好きぢやで、何か御坊にいうたのであらうが、其を実《まこと》とした処で、軈《やが》て飽かれると尾が出来る、耳が動く、足がのびる、忽ち形が変ずるばかりぢや」と、おやじの打明け話にもあるように、つぎからつぎへと男を誘う淫《みだ》らな魔性の女なのである。しかし、読んでいて主人公の振舞いに、少しもいやらしさや頽廃を感じないのはどうしたわけであろう。あさましい色欲の世界を書いていながら、色情のいやらしさを感じさせない。そこに鏡花文学の真髄があって、このことは、生涯の全作品に通じていえることでもある。

そもそも女が、この山中にわび住まいするに至ったのは、洪水で一村ことごとく流亡してしまったことにもよるが、しかし、ただひとり生き残った白痴の男（現在の夫）と暮らすに至ったのは、その男を憐れと思ってのことでもあった。しかし、畸型で白痴な男と生涯をともにするには、女はあまりにも美しすぎた。女は多情好色である。しかしそれは、女の美しさを讃えるにとどまらないで、その肉体をわがものにしようとする男たちがいるからである……とでも、鏡花はいいたげである。だからこそ、女を単なる肉体的、物質的存在と見ないこの旅僧が、かろうじて生命を完うしたというわけである。ここに、俗世間ありきたりの好色と、女性を生けるものの美の象徴と見る芸術家との違いがある。

またこの小説を、作者の人生批判であると説く見解もある。

「峠の一つ家に住む、なまめいた中年増と腰ぬけで白痴のその亭主とは、恋愛に根ざさないで結ばれた因襲的な夫婦生活を戯画化したものだろう。フェミニスト鏡花は、世の人妻をすべて美しくやさしく、心ならずも夫に仕えるたおやめとし、これに対して亭主は妻を妾兼女中としてこき使う憎むべき動物と見る。この夫婦はそれを畸型化した一つの実例であろう。

愛情なく、ただ肉欲のみを目的として女性に近づく世の男性の奴は、人間の化した馬や猿やむささびに類するものであり、旅僧ひとりが身を全うしたのは、彼の愛情が無垢で純一であったからである。」(吉田精一「日本文学全集3」の解説・新潮社)

ところで、近代作家中でも鏡花ほど感覚が鋭どく、まぶしいほどに美しいことばを、しかももっとも印象的に操作することの自由な作家はめずらしいと思われる。この一編においては、特にそれが目立っている。そのような叙述のあとをたどってみよう。

女が旅僧を案内したのは、山間に隠見する清冽《せいれつ》な流れであった。その水を、

「いづれも月光を浴びた、銀の鎧の姿、目のあたり近いのはゆるぎ糸を捌《は》くが如く真白に翻って。」

あたりに夕暮れがたちこめ、その中を女は僧に先立って溪流に向かう、その女の素足の美しさを、

「真白なのが暗《やみ》まぎれ、歩くと霜が消えてゆくような……。」

と止めた文体の余情。まったく、鏡花の前に鏡花ほど女性の美しさを書いたものもなければ、鏡花の後にも鏡花ほど、女性美を感覚的印象的に文章化した作家はあるまいと思う。

そしてさらに、長い怪異の回想談を語りおわった高野ひじりが、

「ちらちら雪の降る中を……」

やがて遠ざかっていくその後姿を、

「恰《あたか》も雲に駕《が》して行くやうに見えたのである。」

という、鮮明なイメージによって、この小説は結ぶのである。

なお鏡花には、『高野聖』の原型とみられる『白鬼女物語』と題した未発表、未定形の作があったことが、村松定孝らによって発見されて、『明治大正文学研究』(昭和三二年三月)にかかげられた。六章で構成されたその作品は『高野聖』と共通する点が少くないので、作者はこの原型をあたため、みがきあげたのであることは疑いない。

歌行燈

詩人というものは、たえず独創的《オリジナル》なことばによって、独創的《オリジナル》なイメージを生み出していくものである。

旅での取材

清水《きよみず》へ祇園をよぎる桜月夜
　こよひ逢ふ人みな美しき

この歌の中の、桜月夜ということばは、与謝野晶子以前には、つまり日本文学の中にはかつて見られたことのないことばである。したがってそのイメージも晶子によってはじめて形象化されたものといえる。同じように「なつかしい橙色《だいだい》の掛行燈の灯影」にどこからともなく、

博多帯しめ筑前絞り
田舎《いなか》の人とは思はれぬ
歩く姿が、柳町

と、その門付けの歌声のものさびしく艶なる情緒をダブらせ、イメージ化して、『歌行燈』の造語を生み出し、これを題名とした作者の詩才に敬意を表したい。

「泉鏡花小解」によると、

「板塀の小路、土塀の辻、径路《ちかみち》を縫ふて見えて、寂しい処幾曲り。（中略）月の光を廂《ひさし》に覆うて、両側の暗い軒に、掛行燈が疎に白く、枯柳に星が乱れて、壁の蒼いのが処々《ところどころ》。長い通りの突当りには、火の見の階子《はしご》が、遠山の霧を破つて、半鐘形活けるが如し。……火の用心さつしやりやしせう……金棒の夜更けの景色。霜枯時の事ながら、月は格子にあるものを、桑名の妓達は宵寝と見える。

月下の霜の桑名新地、真景やや写し得たらむ歟《か》。」

これは本作を書く前年（明四二）、かねてから親しい交わりを結んでいた笹川臨風らと、桑名へ講演旅行にいった当時に、スケッチしたものである。

当時、文壇の主流は、鏡花特有のロマンチシズムを前近代的なものときめつける自然主義運動によって占められてはいたが、しかし、この明治末期になると、反自然主義の立ち場をとる「スバル」「三田文学」等による、新ローマン主義の作家群永井荷風・木下杢太郎・谷崎潤一郎が、耽美的《たんびてき》・芸術至上主義的なそれぞれ特色ある作品を発表、また一方、トルストイズムによる人道主義的な白樺派の文芸運動も起こってくる。これら新ローマ派の人々は、鏡花作品の芸術至上主義を肯定する立ち場にあったので、鏡花も文壇から孤立したわけではなかった。

明治四十二年四月、硯友社の息のかかった後藤宙外《ちゅうがい》が、反自然主義派の作家を集めて文芸革新会を創立すると、かねて宙外とは、「新小説」発刊以来の間柄でもあった鏡花も、招かれてこの一員に加わった。その年の秋、宙外は、この文芸革新会のメンバーを引き連れて、地方講演の旅に上った。鏡花も笹川臨風らとともに、宇治山田・名古屋・桑名などを巡遊していった。

かねて鏡花は、近世十返舎一九の「東海道中膝栗毛」を、枕べ去らず愛読して、親友臨風を弥次さんと呼び、みずからを喜多八になぞらえてこの伊勢路の旅をしていった。この『歌行燈』の書き出しは、二老人が、たがいに弥次さん喜多さんとふざけ合って桑名の旅宿へ向うところからはじまっているが、それはそのまま、鏡花と臨風のすがたである。

すでに述べたように、鏡花の父親清次は、彫金のかたわら、前田侯に仕えて能の鼓をつとめてたほどの男。また母親鈴は、加賀宝生流の能楽師の家がらに生まれた人。したがって鏡花には、わが家系が古典芸術につながっているのだという誇り、そして伝統美に寄せる心情は郷愁に近いものがあったにちがいない。かてて加えて、作者の中世的・神秘的神韻縹渺たる幽玄の世界に遊ぶもって生まれた資質があった。したがって、本作品を解明するには、まず古典芸術能楽美を鑑賞する素地を持って対しなければならないということになる。

血気にはやって身を破った主人公の恩地喜多八のモデルは、この道の権威宝生九郎に破門された天衣無縫の天才児瀬尾要であろうといわれている。

「宝生流に瀬尾要と言ふのがあつた。一体宝生の若手連は遠目鏡の尻から九郎の芸を窺《のぞ》いた格で、小さい九郎が幾人も動いて居る様なものであるが、この瀬尾要には此仲間に見る事の出来ない、一種の特徴があつて、単に模倣のみではない、個性から流れ出る侵すべからざる芸の力が見えた。何しろ猿楽町の舞台の隣りで生れて乳呑みの頃から舞台を這ひ回つて、叩き込んだ芸であるから、たしかな腕で、同じ型を遣るにしても、自ら気品に溢れていたが、才人は多く放縦で、我儘が過ぎるものである。芸は惜しいが、他の者の見せしめ、規律の前には如何とも致し難く、遂う〱破門されて御勘気の身の上となつた。今は何処に居ることか……。」（「能楽座談」明四四・九）

古典的能楽の世界に、貴種流離談（身分・地位のある人間が事情があって漂泊するという類の物語）という、語りの原型をないまぜにして、さらに序破急という、謡曲の作劇術《ドラマツルギー》によって構成したものである。ともすれば、陳腐に堕すストリーを、例の天才的な麗筆によって、書き上げたというよりは、歌い上げたというべき作品である。

発表されたのは明治四十三年の一月、「新小説」誌上に発表されたものであった。師の紅葉が没して七年、自然主義によって占められた文壇の本流からは外れているとはいえ、事実上硯友社の第一人者をして、その才筆は円熟期を迎えていた。この前後、「新小説」「文芸倶楽部」「新潮」「太陽」「文章世界」「中央公論」等、当代一流の雑誌に作品を発表また、『風流線』を「国民之友」（明三六・一〇）に、『白鷺』を「朝日新聞」

（明四二・一〇）に、またハウプトマンの『沈鐘』を、登張竹風との共訳で、「やまと新聞」に連載。また一方、鏡花文学のもつドラマティックロマンチシズムと、きれのよい会話、加えて市井の庶民感情に合致した人物配置は、舞台で上演するのにふさわしいことが認められ、東京・大阪の大劇場で『高野聖』『通夜物語』『白鷺』『辰巳巷談』『湯島詣』などが上演されていた。

また私小説の面では、紅葉の死によって、すず夫人（桃太郎）と正式に夫婦になることが出来て精神的にもある種の安らぎを得ることが出来た。しかし、一時健康を害して、逗子田越に転地して三年ほどそこですごすということもあったが、この作品を執筆するころには、親友笹川臨風の世話で帰京、麴町土手三番町に居を構えている時代であった。

ストーリー　「東海道中膝栗毛」よろしく、弥次さん喜多さんを気取って、桑名の駅に下車した二人の老人があった。二人は、駅から人力車に乗って宿を求めて街へ向かった。十一日の、霜のふる気配を感じる寒夜であった。と、どこからともなく、さびしくも小粋な博多節が聞こえてくる。

「爺様の乗った前の車がはたと止った。

あれ聞け……寂莫《ひっそり》とした一筋廓の、棟瓦にも響き転げる、轍《わだち》の音も留まるばかり、灘の浪を川に寄せて、千里の果も同じ水に、筑前の沖の月影を、白銀の糸で手繰ったやうに、星に晃めく唄の声。

博多帯しめ、筑前絞り、

田舎《いなか》の人とは思はれぬ、
歩行《ある》く姿が、柳町、
と、博多節を流して居る……つい目の前《さき》の軒陰に。」

だが、二台の車は、さむざむと「うどん」と紅で書いた看板の前を通りすぎてしまう。そのおり、店の前では、白い手ぬぐいでほおかぶりをした瘦《や》せぎすの若い男が立っていた。男は、ふるいつきたいようないい声で歌いながら、うどん屋の中に入ってきた。男は、みすぼらしいながら江戸者らしい。店の女房を相手にみるみる銚子を明けていく気っぷのいい男である。ふと、男の耳に、さびしいあんまの笛の音色が近づくと、なぜかぎくりとひきしまった表情になった。

人力車で、港屋の旅宿へ泊ったさきほどの二老人。あいかわらずの弥次さん喜多さんぶりで、だじゃれをとばして女中をからかっているが、そんなことばの端《はし》にも江戸者らしさがうかがわれる通人。ふたりは、女中に芸者を呼んでくれと頼む。ところが、桑名の芸者という芸者はみな出はらっていない。それでやむを得ずひとりだけ残っているなにも芸の出来ないお三重という女を呼んでしまう。ところがお三重という女は、せっかく呼んでくれた女中の好意にもかかわらず、この二老人の取りもちが出来ないで座を白《しら》けさせてしまう。それで気のよい女中もつい腹を立ててしまった。するとお三重は、ほんとうになにも出来ないのだから許して下さいと涙ぐみながら、実はこの間も、彼女は不器用なため座敷を失敗して、抱え主にさんざん折檻《かん》をいされましたという、「三味線も弾けず踊りも出来ず、そのくせ着物を脱ぐこともいやだなどとなまいきをいうのなら、わたしが脱がしてやろうと裸体にされ、台所に立たせられて、ガラス戸を明けて寒風にさらしながら水を浴びせかけられた」と泣きながらいつて、なにも出来ないおわびには、せめて肩でももませて下さいという。こうまでいわれると、根が通人のふたりの客、かえってあわれになって、それではなにか芸を教えてやろうという。お三重は、遠慮がちに、舞ならば一手二手は出来る、という。

さてそのころ、うどん屋の店の中では、例の若い男が、あんまに肩をもませながら、あいかわらずぐいぐいと銚子をあけて深酔いしていったが、とつぜん、

「破れかぶれよ、按摩さん、いいとこかはとこか伯父甥か、親類なら、さあ敵を取れ。私はね、……お前のお仲間の按摩を一人殺しているんだ。」

と、奇怪なことを口走って、さらに、今をすぎること三年前の、忌わしい事件の告白をはじめるのであった。

この男の名は恩地喜多八・江戸では高名の能役者恩地源三郎の甥に当たる、その道の英才である。喜多八が、伯父の源三郎と名古屋にやってきたときだ。按摩ではあるが、謡いにかけては東京の恩地も及ぶまいと、地元で大評判、その道の総元締という意味で「宗山」と称する傲慢《ごうまん》な男の存在を知った。若気の至りで喜多八は、伯父に隠れて、その按摩謡曲師杉山宗山をたずね、みごとに芸の道の勝負に打ち勝ってしまった。

自尊心の強い宗山は、これを恥辱として自殺してしまうが、喜多八もまた事情を伯父に知られるところと

なって、由《よし》ない争いをした血気を叱責され、破門の身となり、こうして漂泊の「門付《かどつ》け」をして歩く境涯となってしまったという。

一方、港屋の一室。二人の老客の前で、恥かしそうにお三重が舞いはじめると、客は、とつぜん、鋭いまなざしになって「待て！」とお三重に声をかけた。そして、今までとはうってかわったひきしまった表情で、

「いや、更めて、熟くと見せて貰はうぢやが、先づ此方《こっち》へ寄らしやれ。ええ、今の謡《うたい》の気組みと、其の形《かた》。教へも教へた、さて、習ひも習うたの。

恁《こ》うまで此を教ふるものは、四国の果てにも他はあるまい。あらかた人は分つたが、其となく音信《たより》も聞きたい。」

それでお三重は、涙ながらに現在までの悲運の人生を語るのであった。

父親に死別した三重は、継母のためにだまされて、鳥羽の船頭相手の遊女に売られてしまった。お客のいうことを聞かないといっては、はだかにされて海中へ吊り下ろされたり、さざえの殻で打たれたりひどい目にあった。

「一晩《ある》も、矢張《やっぱり》蒼い灯の船に買はれて、其船頭衆の言ふことを肯《き》かなかつたので、此方の船へ突返されると、艫《とも》の処に行火《あんくわ》を跨いで、どぶろくを飲んで居た、私を送りの若い衆がな、玉代《ぎょくだい》だけ損をしやはれ、此方衆の見る前で、此の女を海女《あま》にして慰まうと、月の良い晩でした。」

お三重は胴の間で着物をぬがされ、海中に逆吊りされて漬けられるという、責め苦にあう。見かねたひとりの芸者が、お三重を救って手許にひき取って、一人前の芸者に育ててやろうとした。しかし、彼女は生まれつきの無器用で、どうしても芸事が上達しない。助けてもらった恩返しも出来ないと切ない思いで日を送っていた。

ある月のよい夜。彼女は格子の前に立った白い手拭いを頬かぶりの門付けが唄う博多節のみごとさに感動した。お三重は、われを忘れて男の後を追って、素性も知れないこの男に向かって、弟子にしてくれとせがんだ。

「鼓ケ嶽の松風と、五十鈴川の流の音と聞えます。雑木の森の暗い中で、其方に教はりました。……舞も、あの、さす手、ひく手も、唯背後から背中を抱いて下さいますと、私の身体が、舞ひました。其れだけより存じません。」

長い身の上話の末、しかし、これほどにして習った舞も、この桑名の街の謡いの人と合わないので困っていると、お三重が嘆くと、聞いていた客は大きくうなずいて、このいなか街には、それだけ見事な舞いに合う謡い師は居まいという。お三重の舞いを一目で見ぬいたのも道理、この老人たちこそ、名人恩地源三郎と、鼓師の雪叟《せっそう》のコンビであったのだ。源三郎には、お三重に舞いを教えた門付けがだれであるかさとったのであった。

「『お三重さんか、私は嫁と思ふぞ。喜多八の叔父源三郎ぢや、更めて一さし舞へ』

二人の名家が屹《きっ》と居直る。」

謡いの源三郎に、雪叟の鼓、そしてそれにあわせてお三重が舞うのであった。

「瞳の動かぬ気高い顔して、恍惚として見詰めながら、よろよろと引退る、と黒髪うつる藤紫、肩も腕も嫋娜《なよやか》ながら、袖に構へた扇の利剣、霜夜に声も凛々と、

『……引上げ給へと約束し、一つの利剣を抜持って……』

肩に綾なす鼓の手影、雲井の胴に光さし艶《つや》が添つて、名誉が籠めた心の花に、調《しらべ》の緒の色、颯《さっ》と燃え、

ヤオ、と一つ声が懸る。」

さて、うどん屋の店で、按摩に肩をもませて酔い沈んでいた男、喜多八は、ほど遠からぬところから、時ならず届いてくる謡いと鼓の音《ね》におどろいた。

「『あつ、』

とばかり、屹《きっ》となつて見据ゑた——能楽界の鶴なりしを、雲隠れつ、と惜まれたし恩地喜多八、饂飩《うどん》屋の床几から、衝《つ》と片足を土間に落して、

『雪叟が鼓を打つ！鼓を打つ』と身を抒《も》んだ、胸を切めて、慌《あわただ》しく取つて蔽《おお》つた、手拭に、かつと血を吐いたが、かなぐり棄てると……」

喜多八はいっさんに、鼓の打つあたり、港屋を目がけて一散に走っていった。

金沢能楽堂

芸術至上主義の世界

芸術至上主義は、鏡花のローマン主義を支える大きな要素である。それは、これより十余年前にかかれた『照葉狂言』の中の、芸人たちの描写にも明瞭にうかがわれたが、しかし、鏡花の全作品を通じて、もっとも美しい開花を見せているのはこの『歌行燈』である。テーマそのものといってよいかもしれない。しかも作者は、このような世界を描くのに、これまたもっとも芸術的、象徴的な芸術である謡曲の序破急の構成による作劇術を用い、また高い格調と、透きとおる程に美しくリズミカルな文体を結晶させて見せたのである。

夜ふけた桑名宿に下車したふたりの老人ののんびりとした会話、きわめて悠長なテンポをとって、弥次さん喜多さんを気取る老人ふたりの、およそストリーには関係のないおしゃべりによってはじめられるのである。近代小説を読みなれた読者にとっては、いらだたしいほどに遊びの多い筋の運びだ。

このふたりが、人力車で、桑名の夜の街を通りすぎたとき、

「……つい目の前《さき》の軒陰に。……白地の手拭、頬被《ほおかむり》、すらりと痩《や》せぎすな男の姿の、軒の其の、うどんと紅で書いた看板の前に、横顔ながら俯向いて、ただ影法師のやうに彳《たたず》む……。」

しかし、老人たちは、その男の素性を見落して通りすぎてしまう。そして小説は、一方ではこの「ただ影のやうに彳む」博多節を流していく門付け、実は恩地喜多八を追って……、また一方では、旅宿の二人の老人、実は謡いの恩地源三郎、鼓師の雪叟を追って……、と交互に叙述、映画的手法によって話を進めていく。そして、この二元描写の間合いは、後半にいくにしたがって、徐々にテンポの速い場面となって、やがてクライマックスとなり、ついには二つの場面も完全に一致するのである。ここにおいて読者は、はじめて小説の序章ともいうべき部分の悠長さが理解される。あの悠長さがあったからこそ、後半の激流のような烈しさも、美しいクライマックスも生きてくるのであると——。そして、漸層的に高まっていくこのような作劇術もまた能楽のものであって、そのクライマックスにおいて、まったく鏡花文学の真髄に陶酔させられてしまう。われわれ読者の神経に能楽上「カケリ」と称するはずみの高い急テンポな小鼓の音まで聞こえてくるかのような幻覚にさえおそわれるのである。

お三重の出現以前は、弥次さん喜多さんを気取りながら、口の悪い間のぬけた老人同志が、彼女の踊りを見て、とつぜん威儀を正して、

「『御老体』

雪叟が小鼓を緊めたのを見て……恁う言つて、恩地源三郎が儼然として顧みて、『破格のお付合ひ、恐

多いな。』

と膝に扇を取って会釈をする。

『相変らず未熟でござる。』

と雪叟が礼を返して、其のまま座を下へおりんとした。

『平に、其れは。』

『いや、蒲団の上では、お流儀に失礼ぢや。』

まったく、今までとはうって変わった、おごそかなまでのものごし会話に、読者の心もきりっと引き締まる。ここには作者の、能楽に寄せる関心と、信仰までに近い、きびしい心情がうかがわれるし、また作品の流れに濃いアクセントが生ずる。

高揚され、張りつめられた一座の空気は、なおも七、五の詩句をもって、典雅に、しかもリズミカルにつづけられていく。

それにしても、この少し前、老人に問われて語るお三重の身の上話の中に、

「……新地の姉さんが、随分なお金を出してくれましたの。其でな、鳥羽の鬼へも面当《つらあて》に、芸をよく覚へて、立派な芸子に成れやと、姉さんがそういつて、目に涙いつぱいためて、ぴしぴし撥《ばち》で打ちながら、三味線を教へてくれるんですが……」

とあるのにも、鏡花のロマンチシズムが、ただ甘美な詩情のみを追うのみのものでなく、芸道のきびしさ

を強調することを忘れない。人生において、真に価値あるものは、なにかより高いものを求めようとする心情によっても支えられているのを知るべきである。

おわりの場面も鮮やかだ。奇しくも、同じ桑名の街にいながら、旅宿に叔父の源三郎がいるとも知らないで、うどん屋で盃を傾けていた喜多八が、お三重の舞にあわせる雪叟の鼓に気づき、はじかれ上って、血を吐きながら港屋へ向かって走っていく。

港屋では、いままさに、源三郎の地謡、雪叟の鼓に合わせてお三重の乱舞がつづく。そこへやっと駈けつけた喜多八が、港屋の店先の前で、「能楽界の鶴」とうたわれた美声で、

「……さるにても此のままに別れ果なんかなしさよと、涙ぐみて立ちしが……」

と謡う。お三重にとってその声が、ああ、どうして忘れられよう。おのれの才の乏しさに、死のうとまでに思いつめたときに、芸を教えてくれた人、そして行方知れぬままに、恋しいと思いつづけてきた人の声。お三重は、おどろきと嬉しさに、つい足元を乱すと、

「『やあ、大事な処、倒れるな』

と、源三郎すつと座を立ち、よろめく三重の背を支へた。老《おい》の腕に女浪の袖、此後見の大磐石に、みるの緑の黒髪かけて、颯と翳《かざ》すや舞扇は、銀地に、其の、雲も恋人の影も立添ふ、光を放つて、灯《ともしび》を白めて舞ふのである。」

まさに、大向うから声のかかるところ。かならず物語のヤマ場を設定する鏡花文学は、昭和の今日でも、

舞台上に演ぜられて大衆にアッピールするところとなる。そのストリーが、悪くいえば大時代な通俗性の濃いのにもかかわらず、その華麗な才筆に対しては、ただ「詩人鏡花」と賞讃しないわけにはいかないのである。ストリーのおもしろさよりも、内容的な思想性・社会性を重要視する現代文学は、とかく、鏡花のこの物語性や、美しい文体を無視しようとかかるが、しかし、一面からいえば、その物語性・虚構性にこそ、現代文学に欠ける第一のものだともいえるのである。

「鏡花は、自然主義文学以後には出現しなくなつた豊かな制作力に恵まれた大型の作家であり、彼等の作品には、たしかに明治時代の日本人の理想と現実が盛られていることは確かです」(『明治文学史』中村光夫)

というような評価が、ようやく高まってきている昨今である。

眉かくしの霊

またもお化けの物語

鏡花のお化け好きは有名だが、かれ自身もそれをよくわきまえていたらしい。随筆にも「またかとのたまふ迄も化物語……」(「赤インキ物語」)とことわって怪談をはじめている。それというのも、近代文学の作家たるものが、幽霊や妖怪変化の類を信ずるなどというのは知性の欠除も甚しい、とばかりに攻撃されることが頻《しき》りであったからである。

「私がお化を書く事に就いては、諸所から大分非難があるやうだ。けれどもこれには別に大した理由は無い。只私の感情だ。いつかも誰かから『君お化けを出すならば、出来るだけ深山幽谷の森厳なる風物の中へのみ出す方がよかろう、何も東京の真中の而も三坪の庭へ出すには当るまい』と言はれた事がある。が然し私は成るべくなら、お江戸の真中電車の鈴の聞える所へ出したいと思ふ。

要するにお化は私の感情の具体化だ……。」(『予の態度』明四一・七)

これを読むと、鏡花には、お化を信じたというより、芸術上の表現手段として用いたかのようでもある。しかし、それよりも鏡花には本質的に幻想をうみ出し、その幻想境の中に遊ぶという感性が豊かであったことによると思う。

雪女郎の話に聞き入った幼時のことはすでに述べたが、こんなこともあった。父親の清次が上京中、四つになる鏡花の妹が、庭に落ちて頭を切って、母親すずが、「あっ！」と声を上げたことがあった。すると三日後、在京中の父から手紙が来て、「一昨日晩景、座敷の障子越、縁側で、御身があツといふのを、形は見ないで聞いたが、別条は無きや」と記してあった。それが、「あっ！」と聞いたのは同日、同時刻であったと鏡花は回想している。（「雑感」）

しかし、鏡花の幽霊好きは、エログロナンセンス好みのしからしめるところではない。現実と幻との分かちがたい朦朧《もうろう》とした世界に、特殊の美の世界を創造することに喜びを感じるのである。それは、作者が幽玄を美学に据えた中世の能楽美の教養を受け、それに興味をそそられたことと、無縁ではあるまいと思われる。このように解釈する裏づけとして、この『眉かくしの霊』などは、好箇の作品と思われる。

『眉かくしの霊』は大正十三年五月、雑誌「苦楽」に発表された作品である。

ストリー　境贄吉（筆者の友）は中山道の奈良井の宿に泊って、いなかの宿とは思えない厚い待遇を受けた。贄吉は、すっかり感激して、その板前伊作を座敷に招いて、共にさかずきをかわすのであった。食膳にはつぐみがのっている。今は、つぐみ猟の最盛期だというが、しかし、山国の冬は暗く陰気であって、

「『お米さん（女中）――電気が何故か、遅いでないか』

料理番が沈んだ声で言った。
時雨《しぐれ》れつつ、木曽の山々に暮が迫った奈良井川の瀬が響く。」

つぎの夕、境は風呂場へ向かった。扉を開けると、まっ暗な上り場らしい所に、二つ巴の紋の提灯が薄白くついている。その向うが湯殿である。

境が帯をときかけたときだ。中の湯殿でじゃぶじゃぶと湯を使う気配がする。湯が空いたからと女中のお米が知らせてきたからこそやってきたのだ。おかしいぞと、暗い浴場の中をうかがうと、やっぱり湯を使う音がして、梅の香のような白粉《おしろい》の香がするのだ。女性が入っているらしい、と思った境は、仕方なく帯をしめ直して部屋にもどってきた。

ふたたび、「どうぞお風呂へ」といわれて境は浴室へおもむいた。洗面所を通ると、さきほど見た巴の紋の提灯が見えた。湯殿が暗いから、ちょうどよい、この提灯を借りようと手をさしのべると、すっと消えた。

脱衣場で帯をときはじめたときだ、またも浴室で湯を使う音がするではないか。勝手にしろ、とばかり、境は立腹して部屋へもどってきた。すると、とつぜん、庭池のあたりがそうぞうしい。障子をあけてみると、白鷺が池の鯉を狙って舞いおりてくるのであった。

ふと見ると、池端の雪を踏んで庭を渡っていく伊作の袖の脇を、ふわっと、巴の提灯がついていくのが見えて、境は思わずぞっとした。………と、その提灯がすっと消えた。背筋に水を掛けられた思いで座敷へ坐り直すと、そこに、いつのまにか、白鷺かと思われるほどに色の白い女がいる。

「違棚の傍《わき》に、十畳のその*辰巳《たつみ》に据えた、**姿見に向つた、うしろ姿である。……湯気に山茶花《さざんか》の悄《しお》れたかと思ふ、濡れたやうに、しつとりと身についた藍鼡《あいねずみ》の縞小紋に、朱鷺《とき》色と白のいち松のくつきりした伊達巻で乳の下の縊《くび》れるばかり、消えさうな弱腰に、裾模様が軽く靡いて、片膝をやや浮かした、褄《つま》を友禅が微《ほんの》溢《こぼ》れる、露の滴《た》りさうな円髷に、桔梗《ききょう》色の手絡《てがら》が青白い、浅黄の長襦袢の裏が媚《なま》めかしく搦んだ白い手で、刷毛を優しく使ひながら、姿見を少しこごみなりに覗くやうにして、化粧をしていた。」

女は振り向いた。「鼻筋通って色の白さは凄いやう」な美人であった。

と、とつぜん、境の体はふわっと宙に浮いた。まるで猫にくわえられたねずみのようにその美人の口にくわえられて空に舞い上った。

境は、自分の体がみるみる空高く飛んで松本城の天守閣すれすれに飛んでいるのにおどろいた……と思うと、一瞬、地上に落ち、もんどりうつと宿の池の中に落ちた、と同時にこたつの中にいるわれに返った。

そこへ板前の伊作がやってきたので、境は夢とも現実ともわからないこの怪しい美女の話をすると、伊作は、「……ひしと身を寄せ眉をしかめて」つぎのようなことを話し出したのである。

ちょうどいまから一年前、お艶と呼ぶ東京は柳橋の美しい芸者が宿に泊った。お艶はお風呂が好きで、日に二度も入浴した。ところで、このお艶がこの村へやってきたには、それなりの理由があった。

* 南東の方角　** 鏡

この村、代官屋敷と呼ばれている旧家の若妻の所に、ある日、東京から流れてきた画家が逗留した。画家は、現在学士先生として、東京で勤めている代官屋敷のむすこ（若妻の夫）の友人であった。ところが、その若妻は夫と離れて暮らしているさびしさに、つい、その画家と馴れ親しんでいった。ある夜、二人が睦まじく話し合っているところを姑に見られ、大さわぎをされた。画家はおどろいて屋敷を去ったが、若妻の方は、「姦婦」呼ばわりされて、寒夜を寝巻のまま縛りあげられ、寺へ連れていかれた。雪の降る夜なので、姑に頼まれて立合った駐在所の巡査の方が気の毒になって、若妻の背に外套を掛けてやったほどであった。

姑は、東京の息子を呼び寄せて、ぜひ姦通の訴訟を起こせといきまいた。息子は、仕方なしに画家をたずねるために東京に向かった。

お艶がこの村へやってきたのは、この時期のことであった。実は、お艶はその画家の恋人であった。元来美貌のお艶は、なおいっそう美しく装って、……………こんなわたしがついているのだから、あの人（画家）が、木曽路のいなかの女などに手を出すはずがないでしょう…………と、代官屋敷の姑にたんかを切って、監禁されている若妻を救ってやるつもりであったのだ。

ところで、この村の外れに立入禁制の桔梗カ原という所があり、そこにある池のほとりには、とてもこの世の女とは見ることの出来ないほどに美しい女性の幽霊が居るということであった。板前の伊作も、一度だけ見とどけたことがあるのだが、眉を剃った若妻風の絶世の美女が、池の端で鏡台を置いて化粧をしていた、ということであった。

伊作からその話を聞いたお艶は、その幽霊にも負けまいと、眉を剃り落して、伊作に「どちらが美しい？」と、たずねるのであった。

さて、伊作は、お艶の供をして、二つ巴の提灯をさげてその代官屋敷へ向かった。だがその途中、丸木橋を渡ろうとしたとき、村の猟師の鉄砲で、桔梗カ原の幽霊とまちがえられて撃ち殺されてしまったのである。

「駈けつけますと、土手腹の雪を枕に、帯腰が谷川の石に倒れておいででした。『寒いわ。』と現《うつつ》のやうに『ああ、冷い。』とおつしやると、その唇から糸のやうに三条《みすじ》に分れた血が垂れました。」

と、伊作は、境に語ってきかせたかと思うと、とつぜん、湯殿の方を向いて、

「旦那・旦那、提灯が、提灯が、あれで、あ、あの、湯どのの橋から。……あ、あ、ああ、旦那、向うから私《てまえ》が来ます、私と同じ男が参ります。や、並んで、お艶様が……」

と、おびえたように呼ぶのであった。

美の象徴としての幽霊

鏡花文学のストリーの特異さは、しばしば読者を魅了する。新聞小説や、新派上演において成功をおさめるのもここに理由がある。しかし、それだからといって、鏡花を、見事なストリーテーラーと呼ぶことはどうかと思う。というのは、一方、理に合わない筋立てや、御都合主義

な構成が目立つからである。つまり鏡花作品の真の魅力は、「その筋ではなくて、場面場面の美しさにある」という評言のとおりなのである。そして、少くも、この「眉かくしの霊」を鑑賞するについては、このことは大切である。この作品ほどストリーの不自然さが目立つものは少い。たとえば、桔梗《ききょう》カ原の水辺には、美女の幽霊が出るのであるが、この存在は、本編のストリーとは、まったく必然的なつながりがないのである。お艶の幽霊との関係も薄い。二つの幽霊が、おたがいの関連なしに登場するので、読者のイメージは混乱しがちである。また、わざわざお艶が、なぜこんな山奥にまでやって来なければならないのか、もちろん、いちおうの説明がないことはない。作者にしてみれば、姦通の汚名（実は汚名か真実かはっきりさせていないが——。）を着せられた若い人妻を救ってやるというためにやって来たお艶である。つまり、鏡花一流の、江戸前で侠気ある美女をここへ登場させたつもりなのだが、それにしてもお艶の言動は、あまりにも現実ばなれがしている。

もっとも、鏡花文学の魅力は、架空な世界をあたかも実在しているかのように信じこませる所にある。そして、登場してくる女性もまた、現実に存在しない、ロマンチスト鏡花の観念の中だけに存在する、いわば、美の象徴としての女性の原型に、作者の息をかけ、肉づけをして、生ある人間と化して、われわれ読者に錯覚を与えるところにあるのだ。

とはいえ、この作品の構成が、単なる思いつきや、作者の御都合主義によってだけで運ばれているわけではない。実は、鏡花には鏡花独得の作劇術があるのである。それは、たびたび触れたように中世能楽の詞章、謡曲の作法にほかならない。この作品においても、筋が仕方話のスタイルによって運ばれ、解明されていく。番頭の口から語られていく怪異談。その怪異談を語りおわったとき、その幽霊がふたたび、その場の酒席に姿を見せる。そして、

「座敷は一面の水に見えて雪の気はひが、白い桔梗の汀に咲いたやうに畳に乱れ敷いた。」

と結ぶのであるが、このような筋立てこそ「能の五番目物に近い」（吉田精一）といわれるのである。

ところで、「幽霊と江戸戯作」といえば、だれしも思い出すのは、お岩の登場する『東海道四谷怪談』であろう。だが、お岩を書いた鶴屋南北と、鏡花の描く幽霊とでは、まったく異質のものである。第一、それを描こうとする態度が根本的に違うのである。

南北が幽霊を書くのは、泰平安逸に馴れて刺激を求めてやまない江戸市民の頽廃ムードにこたえてのことであった。毒殺しておいて、その手足を戸板に釘づけにして川へ流すというような、目を覆わずにはいられない残酷さ。また、死者は幽霊となって、残忍非道な悪役に復讐するために、抜毛の多いざんばら髪、紫色にむくんだ半顔、口から血を滴たらせながら迫ってくる醜悪怪奇さ。殺し方もどぎついが、その幽霊の報復もどぎつく、観客の血も凍るばかりである。

それに対して、鏡花の幽霊は、

「屹《きつ》と向いて、鏡を見た瓜核顔《うりざね》は、目《ま》ぶちがふつくりと、鼻筋通つて、色の白さは凄いやう。気の籠《こも》つた優しい眉の両方を懐紙でひたと隠して、大きな瞳で熟《じつ》と視て……」

とあるように、水のように冷たく、白鷺のように白く、花のようにあでやかな幽霊なのである。それは、幼時金沢の炬燵で伯父から聞いた、

「これは疑ふべくもあらぬ雪女臈……」

の再現なのである。この物語の背景も、白一色の銀世界で、ときに美しい白鷺が舞いおりてしぶきをとばす夜である。南北の幽霊は、復讐のために現われるが、鏡花の幽霊は、対座する人間に仇をなすどころか、恐しい中にも、相手に、ある郷愁にも似たなつかしい感情を誘い出させる存在である。

さらに古典をさかのぼって、元祿の文豪井原西鶴の作品に登場する幽霊はどうであろう。これはまた、南北と鏡花と違う以上に異質の作家であるようだ。西鶴の幽霊には、およそ具象性は乏しいから、恐しくもなければ、美しくもない。まったく読者の心になんのイメージをも与えないのである。それもそのはず、西鶴自身、幽霊の存在など、てんから信じていないから滑稽なイメージこそ与えることはあっても、その以外のどんな感動もない。

「好色二代男」の中の「百物語に恨が出る」を見てみよう。

ある夜、遊女たちは、つれづれをまぎらわすために、それぞれ自分たちが男をたぶらかした体験を、自慢気に語りあった。すると、あたりが暗くなって、部屋の四隅から、さんざん話題にされた客の男たちが、すっかり落ちぶれ果てた幽霊となって、うらめしや、とばかりに恨み言を並べはじめた。遊女たちは、生きた心地もなくおびえて、ただわび言をくりかえす。と、ひとりの賢い遊女が、みなさん、今夜の収入《あげいり》はだいじょ

うぶでしょう、と声高く叫んだ。お金をとられるな、という意味でいったのだ。それを聞くと、さすがの幽霊も、すっかり興ざめして消えてしまうという、一種のコントである。

金、金、金に賭ける現実的でたくましい、元祿の時代精神と、上方町人興隆期を代表するリアリスト西鶴には、現実を肯定し、現実を謳歌するに忙しく、目に見えない霊魂の存在など、まったく顧みる余裕などはないのであった。つまりこのコントは、金という強烈な現実を認識するための方便として、無力な幽霊が利用されたにすぎないのである。

江戸趣味の作家とは呼ぶものの、こと幽霊に関しても、鏡花はやはり鏡花以外の何者でもない独得の美の女神、女性美の象徴としての幽霊をえがいたのであった。

強いていえば、『雨月物語』の上田秋成が幻想の美しさや怪異文学の中に芸術的な生命を見出したことにおいて相通づるものがあろうと思われる。しかし、幽霊をもって、女性美を描こうとした作者は、やはり鏡花をおいてほかにはないのである。

婦系図

明治四十年の一月から、鏡花は「やまと新聞」紙上に『婦系図』をかきはじめた。昭和十一年、「紅葉をしのぶ座談会」の席上で徳田秋声が、当時より三十年前の鏡花作品『婦系図』をとりあげ、あれは鏡花が、師紅葉への反抗であり、謹んで復讐した作品である、鏡花にとって紅葉は「人の恋路を邪魔する」存在であった……という意味のことをいって、文壇をおどろかせ、鏡花をかんかんに怒らせた。同じ金沢の出身でありながら、また同じ紅葉の門でありながら、秋声と鏡花、たがいの憎悪反感は、明治・大正・昭和と三代にわたっていった。片や、自然主義の最高峰であり、片や日本耽美派の最長老でもあるふたりの対立は、まさに宿命的なものであった。

ふたりの長年にわたる確執の深さは、私小説作家である秋声の作品によってわれわれもまざまざと知ることが出来

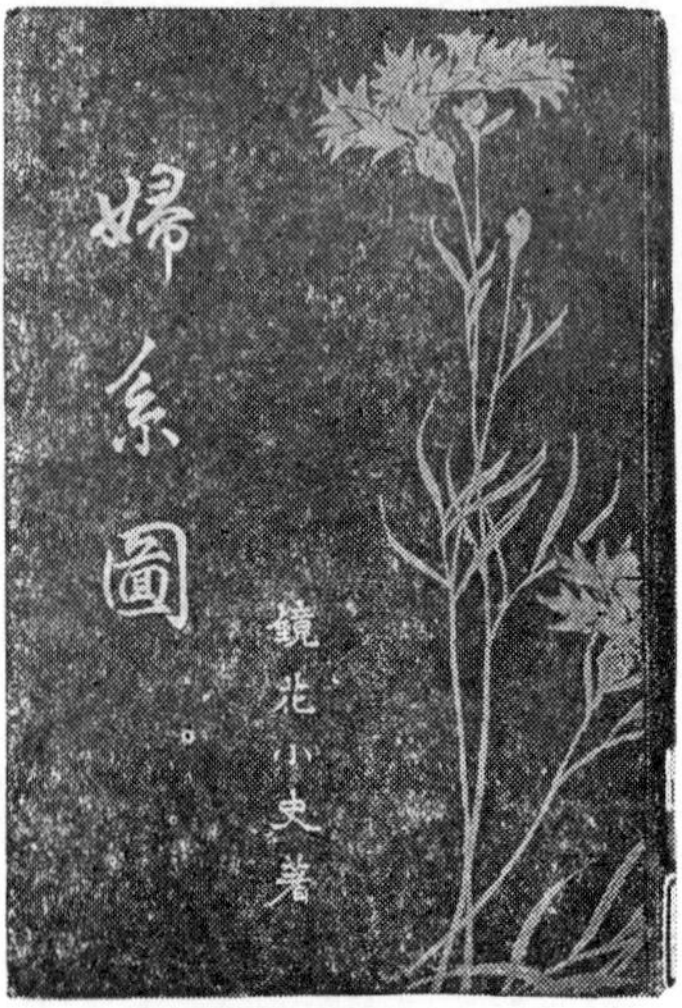

『婦系図』の表紙

もめた『婦系図』

る。しかし、それはともかく、湯島の白梅の名によって、あまねく大衆に流布されている作品『婦系図』のいったいどこが問題になったのであろうか。

明治四十年、「やまと新聞」に連載された『婦系図』は、その前編では、主税《ちから》（鏡花）とお蔦《つた》（すず夫人）との仲を、酒井（紅葉）のために裂かれるところにクライマックスが置かれてある。いわゆる生《き》世話の世界ともいえそうだし、自分たちがモデルである、というところから見ると私小説的な作品ともいえる。ところが、後編になると、舞台は一転して、静岡や久能山になる。今は学者であるが、かつてはスリ（酒井先生によって改心し勉強）であった主税が、時の権勢家河野の醜い野望を打挫くために、また、師の娘妙子を救うために、社交界の婦人となっている河野のふたりの娘を誘惑してしまう。そして、最後に河野と久能山上で対決、河野をして絶望させ、自殺にまで追いやってしまうというストリーである。

つまり、前編と後編との世界が、あまりにも異質にすぎるのだ。そこで、もし、この前半部を重要視すると、秋声が述べたように、鏡花の師紅葉に対する復讐の作品、と呼ぶことも出来そうである。しかし、後編にこそ作品のポイントがあったとすると、鏡花びいきの久保田万太郎のように、「これはあやまった家族主義に対する反抗である。」といえてくる。たしかに、鏡花とすずは、お蔦と主税同様に別れる。しかしそれは、紅葉の死ぬ半年ほど前のことである。紅葉の死後、ふたりはもちろん天下晴れての夫婦になった。しかしそれの死を痛む鏡花は、ひと通りではなかった。しかし一方、これですずと添いとげることが出来ると、心のどこかでほっとしたものがあった。一方で悲しみながら、一方では喜ぶ、複雑な心理だが、人間ならば、多かれ少なかれ、だれしもがこのような矛盾はあるものであって、とくに怪しむには足りない。

『婦系図』では、師の酒井が、主税と別れたお蔦に「折目のつかない十円紙弊三枚」を手渡している。しかし、実際に紅葉が、手切れ金のような形ですずに与えたのは、三分の一の十円であった。それで、角川文庫『婦系図』の巻末では、解説者勝本清一郎が、秋声と同じように、この作品は、鏡花の、師の仕打ちに対する復讐であるとし、そして、この手切れ金についても、師の金の出しっぷりの少ないのを非難したのだ、という意味のことをいっている。しかし、これは反対の解釈も出来る。すずに十円しか与えなかった、というのは、紅葉の日記にだけ記されてあるだけのことで、一般読者は知らないのである。したがって、おそらく読者は、酒井が三十円出したのだから、モデルの紅葉も、すずに対して多分そのようにしたのであろうと思ったはずである。その意味では、鏡花はなおいっそう師を美化したものだとも解せる。

また、その前編において、義理と人情の生世話の世界を描いたものではあっても、だからといって、お蔦と主税のことばかりが書かれているわけではない。主税と、恩師酒井の娘妙子との清らかな愛情の世界もあれば、河野一派の奸計と戦う後編の伏線もすでに現われてきている。さらに、『婦系図』といえば、おおかたの人が連想する湯島の境内の場であるが、あれは実は原作にないことである。それが上演されたのは、翌四十一年の九月、柳川春葉の脚本で、新派俳優喜多村緑郎のお蔦、伊井蓉峰の主税という上演であった。鏡花は、この『婦系図』の感想を、その年の「新小説」の十一月号で、

「喜多村のお蔦は申し分がない。一体原作では、殆ど菅子が女主人公で、お蔦はさし添ひと云ふのであ

るから、二人引受けるとなら格別、お蔦だけでは見せ場はなからう、と思つたが、舞台にかけると案外で、まるでお蔦の芝居になつたり。……客の来た間を、日かげの身の、一寸湯にでもと云ふ哀れも籠《こも》り……」(「新富座所感」明四一・一一)

と、述べている。つまり、鏡花が『婦系図』を執筆したときの心づもりでは、憎い敵役河野の娘、菅子をもって主人公と設定したというのである。お蔦と主税を主人公としたものではない、ということは、つまり、自分たち夫婦がモデルになっているという部分は少いということで、従って、師紅葉に対する復讐云々というつもりはない……ともとれる。

『婦系図』舞台と映画（映画は大映作品）

紅葉の死後、その遺族の困窮に際して、愛弟子鏡花が積極的に援助の手をさしのべなかったという非難は、理由のないことではない。しかし鏡花が、生涯紅葉を神とも仏とも崇敬して、また親以上の恩人として感謝の念を抱いていたのも事実である。鏡花の書斎には、古びた紅葉の写真と、紅葉全集が整然として飾られてあった。毎朝、仏壇の紅葉の位はいに向かって手を合わせ、なにか到来物でもあると、まずはじめに、お初を紅葉の前に捧げるのであった。鏡花の晩年の随筆には、しばしば紅葉との思い出が、なつかしげな心情によって述べられている。あれこれの批判はあるが、その師弟の情愛は、たとい前近代的な間柄ではあっても、他に例のない美しいものであった。

ストーリー　天涯孤独の少年でスリであった早瀬主税は、ふとしたことから、真砂町に住むドイツ文学者酒井俊蔵に引きとられ、その娘妙子と、兄妹同様に育てられ、やがては師の学を継ぐほどドイツ文学に堪能となっていった。しかし主税は、縁あって柳橋の芸者お蔦とわりない仲になってしまった。お蔦は、学問も教養もないが、すなおで気のやさしい女であった。ふたりは夫婦同然の同棲生活に入っていた。

主税の友人の河野英吉は、酒井の愛娘の妙子を見染め、その身許調査のために、主税のもとにやってきて、酒井の家柄や財産について、いろいろ聞き出そうとした。しかし主税は、かねてから英吉の父、河野英臣が、自己一門の栄誉のために、娘たちに政略的な結婚をさせているのに憤慨していた。そんな主税の顔色

を見て、英吉がためらっていると、主税は、なおも烈しく、

「惚《ほ》れてよ、可暖い、可憐《いとし》いものなら、何故《なぜ》命がけになつて貰はない。結婚したあとで、不具にならうが、肺病にならうが、また其肺病がうつって、其がために共々倒れようが、そんな事は構ふもんか。

まあ、何は措いても、嫁の内の財産を云々するなんざ、不埒《ふらち》の到りだ」

と、真実の結婚の在り方をひとくさり述べた末、こんな軽薄で世俗的な男（英吉）に、大切な先生の愛娘《まな》をひき合わせるわけにはいかないとばかりに強く拒絶した。

ある日主税は、師の酒井に呼ばれ、柳橋の芸者小芳の家に行く。酒井は、主税がお蔦と同棲しているのを知っていたのだった。いまは隠しきれずに詫びて、ぜひふたりの間柄を許して認めてほしいと願う主税に、酒井のことばはあまりにもきびしかった。

「早瀬、さあ、一つ遣《や》らう。何《ど》うだ、別離《わかれ》の杯にするか……。」

「………」

「其とも婦を思切るか。おい何うだ、早瀬。」

「………」

「俺を棄てるか、婦を棄てるか。むゝ、此の他に文句はないのよ。」

と、いったきり、くるり背を向けてしまう酒井であった。

現在の湯島天神

主税は、こうまでいわれては、大恩ある酒井のことばに従う他はなかった。がっくり首を垂れ、

「婦《おんな》を棄てます先生」

と、きっぱりいいきったのであった。

お蔦と別れた主税は、ある日、電車の中でスリを助けてやったことから、河野等のための策謀にあって世間を狭くした。また、お蔦と別れた辛らさもあって、ついに主税は、新天地を静岡に求めて東京を去ることにした。さいごまで、かれを兄のように慕う酒井の娘妙子のやさしさに、

「忘れません。私は死んでも鬼になつて――」とこたえて、東京を立ち去った。一方お蔦は、小芳を頼って、髪結いの仕事を習いはじめた。

主税が、汽車で静岡へ下る車中、偶然にも英吉の姉、つまり河野英臣の娘で、現在静岡の名家に嫁いでいる美しい貴婦人菅子と知り合って、これと親しくなった。

静岡でドイツ語塾を開いた主税のもとには、菅子だけではなくし

て、その姉である道子までも出入りした。ふたりの人妻たちは、地位も富もあるものの、愛情に乏しい結婚生活から、いつか主税に惹かれていく。

そのころ、東京のお蔦は、病に倒れ、その臨終には、主税の恩師酒井と妙子の親子がかけつけた。酒井から、急いで東京へ帰れという電報が、静岡の主税のもとに発信されたが、間に合わなかった。主税もまた病床の身であったのだ。

酒井は、お蔦の臨終の床で、はじめて主税との深い愛のちぎりを思い知らされて、自分のとった仕打ちを悔いるのであった。

「『己が分るか、分るか、おお酒井だ。分ったか、確乎《しっかり》しな』

酒井俊蔵唯一人、臨終《いまわ》のお蔦の枕許に、親しく額を差寄せた。

『ああ、皆居るとも。妙も居るよ。大勢居るから気を丈夫に持て！唯早瀬が見えん、残念だらう。己れも残念だ……』」

と、酒井も泣きながら、

「未来で会へ、未来で会へ、未来で会つたら、一生懸命に縋着《すがりつ》いて居て離れるな。己のやうな邪魔者が入らないやうに用心しろ。………己は恁《こ》う云ふ事とは知らなんだ。………早瀬に過失《あやまち》させまいと思ふ己の目には、お前の影は彼奴《あいつ》に魔が魅して居るやうに見えたんだ。」

酒井の後悔はまだつづくが、しかしいまのお蔦には、ただきき入るだけで口をきく体力もなかった。前日、主税が来てくれるであろうと、きれいに、結い上げた島田が、かえって痛々しい。

「嘸《さぞ》待つて居るだろうね、早瀬の来るのを。彼が来るから、と云つて、お前、昨夜髪を結つたさうだ。ああ、島田が好く出来た、己が見たよ。」

死んだお蔦の遺髪を持って、妙子は、主税を連れもどすために静岡へやって来た。主税は、純情なこの妙子を、なんとか河野の英吉の手から守ろうと、また、野心家で、一族の勢力伸長のためには手段をえらばない非人間的な権勢家河野英臣を挫くために菅子・道子に接近していく。

それは、皆既日蝕による地上暗黒の日、主税は、ついに、久能山上で河野英臣と対決する。

ピストルを構えた河野英臣に、主税は、そのむかしのやくざ者に返って、痛烈なたんかをきりながら、河野一族の過去の秘密をあばきたてる。また、静岡の名門に嫁いで平穏無事なはずの娘の道子も、菅子も、実は自分（主税）と不義を働いた間柄である。体裁だけを取りつくろって、愛の実体の伴わない結婚が、いかに恐しいかを鋭く説ききかせて、師の愛娘妙子だけは、絶対に河野の自由にさせないと、

「お前さん、嘸《さぞ》口惜しかろう。打ちたくば打て、殺したくば殺しねえ。嬢さん（妙子）に上げた生命だから、其生命を棄てるので、お道さんや、お菅さんにも、言訳をするつもりだ。死んでも寂《さび》い事はねえ、女房（お蔦）が先へ行つて待つて居ら。……

……隼《はやぶさ》の力《りき》（主税）の容貌は、却《かえつ》て哲学者の如きものであつた。

英臣は、苔蒸《こけむ》せる石の動かざる如く緘黙《かんもく》した。」

ことばにつまった英臣が、ピストルを放とうとしたとき、とつぜん、身を躍らせて、主税をかばったのは道子と萱子であった。わが娘たちにも裏切られて、絶望した一代の権勢家河野英臣は、われとわが頭を撃ちつらぬいて死んだ。そして、その娘、道子・萱子の姉妹もまた、抱きあったまま崖下の海に身を投げていった。

「其夜、清水港の旅宿に於て、爺は山へ柴刈に、と嬢さん（妙子）を慰めつつ、其のすやすやと寝たのを見て、お蔦の黒髪を抱きながら、早瀬は潔く毒を仰いだのである。」

すず夫人　「やまと新聞」に連載されたのは以上である。ところが鏡花は、後単行本として出版するに際しては、「早瀬主税の遺書」という部分をつけ加えたのであった。遺書の一通は恩師の酒井宛、他の一通は主税が、自殺に追いやった河野英臣の遺児、そして友人の英吉にであった。そして、英吉宛の遺書には、……自分（主税）が、河野家の暗い秘密（娘の道子が、河野の実の娘でなく、馬丁と、英臣夫人の間に出来た不義の子であるという事実）は、あれは単なる風説にすぎなかった。また、きみ（友人河野英吉）の姉二人（道子・萱子）と自分が姦通したというのも実のことではない、だから、きみは、姉のお二人の貞操を疑ってはいけない……。と大詰、久能山上の対決で、主税の打明け話を、主税自身の遺書を通して否定させている。

「英吉君、能ふべくは、我意を体して、より美く、より清き、第二の家庭を建設せよ。人生意気を感ぜずや……」

というのが、遺書のおわりである。

鏡花が、なぜ、単行本発刊に当たっては、主税と道子・菅子との情事を否定したのか？……いまだに評者のさまざまに評するところとなっている。中には、その筋（官憲筋？）からの強い達し（つまり言論統制の一種）を受けて、書き加え、あらためたのだという説もあるほどである。また、前半の生世話の世界、後半の伝奇物語の世界とのアンバランスを訂正するため、いってみれば、後半久能山上の対決の要素を薄くして、写実の世界に統一しようとしたのだという解釈もある。

ところで、読者の立ち場になったら、どちらの場合がすんなりと受け取られていくだろうか？ということである。主税が、いくら、権勢家や世俗一般の結婚観を正すための方便とはいえ、お蔦のようないじらしい恋人がありながら、道子・菅子と通じるということは、とりわけ女性読者にとっては耐えられない点であろうと思う。

いずれにしても、『婦系図』は、一般的には、もっとも知られていながら、しかし、鏡花会心の作とは呼べないのである。あまりにも、作為的で、大時代で御都合主義的なのである。むしろ、鏡花の欠点をさらけ出した作品とも呼べるのである。いくら元は、やくざのすりであった主税とはいえ、教養をつみ、ドイツ文学者酒井の跡を継ぐほどになった者が、相手と闘うためとはいえ、とつぜん不良少年時代の、態度とことばになり、たんかを切るということはあり得ない事実である。しかも、作者はそれを不自然と思うどころか、自身、主税のたんかに酔っているような気分さえうかがわれる。

しかし、冷静な作品鑑賞はさておいて、『婦系図』が、新派の舞台を借りたとはいえ、あのように大衆にアッピールしたのはなぜであろうか、やはりこれは、この作品が、主人公たちが義理と人情の板ばさみに合って苦しむ…という設定にあると思う。

純一無垢、すべてを投げうって結ばれた主税とお蔦がそれでも別れなければならなかったのは、主税の今日を育ててくれた大恩ある師のことばを守ったからだし、またその酒井は、お蔦の死の病床に立ち合って、無情な仕打ちをした自分に悔む。しかし、われわれ庶民は、実生活の上において、つねにこのように、非論理的な所行のくりかえし、そして悔いのくりかえしを重ねているのである。酒井の非情な仕打ちを憎む読者もまた、実生活においては、酒井的な発想でものをいっているのである。また、それなればこそ、客観的な読者の立ち場にありながら、心のどこかで、自分たちの実生活との共通な感覚に動く人物たちに親近感を抱くのである。つまり、『婦系図』はナニワ節の世界なのである。そしてそれは、日本の前近代性の尾をひく社会によって受け入れられる世界なのである。さらに、このことは、だれもよそごととして笑うわけにはいかないのである。なぜなら、前近代の社会に呼吸する人間である以上、どんなに近代的知性を志向しようとも、まったくは、このナニワ節の世界から脱けきれるはずのものではないからである。

さいごに、本作品前編の主要人物お蔦のモデル、神楽坂の桃太郎こと、すず夫人のことである。鏡花とすず夫人の交情のいきさつは、生涯編に述べたが、結婚後のふたりは、どのように過ごしていったのであったろうか。

すず夫人は教育もなかったし、もちろん文学上の知識なども乏しかったと想像される。しかし、夫人に接した人たちの多くが、鏡花の小説の底を流れる江戸情緒や、粋な会話のはこびが、この夫人の言動にさり気になく表わされているのにおどろかされたらしい。鏡花文学が、生涯みずみずしい青春性を失わなかったのも、夫人との濃やかな愛情にみちた明け暮れに終始したことと、無縁ではあるまい。

この夫妻がいかにむつまじかったかは、鏡花の死後のすず夫人の逸話からもうかがい知ることができる。そのうちの二・三を、村松定孝著『泉鏡花』の中から引用してみる。

「つい二三日前、私は（すず夫人）、あるじの夢を見ました。あるじは手を出して、塩のびんをよこせと申します。私は手にしていたびんを渡しますと、あるじはをそれを持つて、すうつとあつちへ行ってしまひました。亡くなつてから、朝夕、仏壇へそなえるお茶には、塩を入れないものですから、あるじは塩気にこがれて、とりにきたんですね」

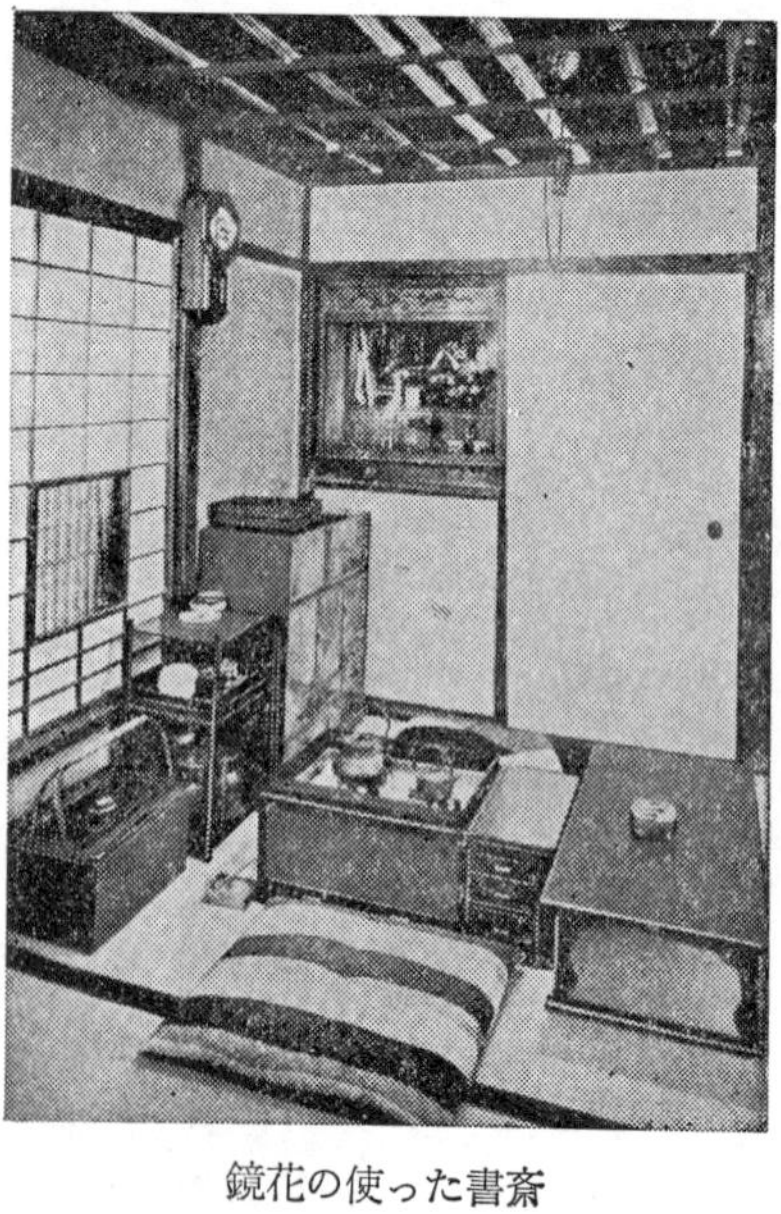

鏡花の使った書斎

決して冗談でなく、真顔で信じていることばであったという。

「自分（すず夫人）ひとりでは解決できないやうな問題が起きると、『あるじにうかがつた上で、御返事しませう』といふ。そして、その夜、夢で鏡花と語つたことを、そのまま人に伝へ『あるじはかう申しました』といつたぐあひで、財布なども、鏡花のと自分のと別にしておき、遺作の印税や上演料などが届けられるとまづ良人の財布にしまつて、『今日はこれこれのお金が入用ですので、これだけいただきます。』と仏前に一々ことわつてから、自分の財布にうつす。はたで見てゐても、その夫婦愛の美しさが、良人の死後までつづいてゐるのに感動させられるものがあつた。」

鏡花の死後五年、大平洋戦争で番町の家は戦災で消失後、夫人は熱海へ転居して静かな余生をすごし、戦後、昭和二十五年、黄泉の客となり、最愛の夫のもとにおもむいた。

年譜

一八七三年（明治六） 十一月四日、石川県金沢市下新町二三番地に、泉家の長男として生まれる。鏡太郎と命名。父は清次、工名を政光という彫金師。母は鈴、葛野流の鼓の家中田氏の娘として江戸に育つ。能楽師松本金太郎の妹である。

一八八〇年（明治一三） 七歳 四月、東馬場養成小学校に入学。母に草双紙の絵ときを、町内の娘たちから、土地の口碑伝説を聞かされた。

一八八二年（明治一五） 九歳 十二月、母鈴と死別する。二十九歳で逝った母への慕情は、鏡花文学の源泉となり、かれの生涯と芸術に大きな影響を与えた。

一八八四年（明治一七） 十一歳 四月、金沢高等小学校に入学、しかし一年を経ないで北陸英和学校（キリスト教系）に転校。校長ポートルの妹に愛される。またこのころ、従姉目細てる子や、近所の湯浅時計店の娘しげ子に愛される。この二女をモデルとした作品は多い。

一八八七年（明治二〇） 十四歳 五月、専門学校（後の第四高等学校・現在の金沢大学）を受験したが失敗。（このときパスした者の中に徳田秋声がいた。）このため井波私塾に通う。貸本の濫読《らんどく》をはじめる。

一八八九年（明治二二） 十六歳 尾崎紅葉の「二人比丘尼色懺悔」を読んで感動、紅葉を敬慕する情がつのる。

一八九〇年（明治二三） 十七歳 十一月、作家を志望して上京、紅葉の門にはいろうとする。しかし、訪問の勇気なく、貧困に苦しみ、知人先輩の使い走り、筆耕などをして、転居すること十四度に及ぶ。

一八九一年（明治二四） 十八歳 窮乏のあまり、ついに帰国の決心をして、生涯の思い出のつもりで、牛込横寺町の紅葉を訪れる。意外にも入門を許され、玄関番としてその指導を受ける。

一八九三年（明治二六） 二十歳 五月、初めて『京都日出新聞』に「冠弥左衛門」を連載、ただし、不評で新聞社からの中止請求が、師紅葉のもとにしばしばであったという。八月、脚気を病んで一時帰郷する。

一八九四年（明治二七）**二十一歳**　一月、父親清次の死にあって帰郷、祖母と弟をかかえて生計に窮しながら、「予備兵」「義血侠血」「夜明けまで」「貧民倶楽部」を執筆して師に送った。「予備兵」「義血侠血」ともに『読売新聞』に発表された。しかし、当時の鏡花は、生活苦のあまりに、自殺を思ったことも数度に及んだが、目細家の、てる子の温情によって辛じて生きぬく。この年の秋、祖母きての犠牲的な激励と申出によって、再度、単身上京する。

一八九五年（明治二八）**二十二歳**　二月、博文館の仕事のため、尾崎邸から大橋乙羽宅に移る。四月、「夜行巡査」を『文芸倶楽部』に、五月、評論「愛と婚姻」を『太陽』に、六月、「外科室」を『文芸倶楽部』にそれぞれ発表する。「夜行巡査」「外科室」は、川上眉山の「書記官」「うらおもて」等とともに観念小説の称を与えられて、文壇に注目されるにいたった。十二月、「義血侠血」が、「滝の白糸」の名によって、浅草で初演された。

一八九六年（明治二九）**二十三歳**　五月、「一之巻」を『文芸倶楽部』に、以後「六之巻」まで稿をつづけ、三十年一月の「誓之巻」で完結。同月、大橋家を去り、大塚に転居して、郷里の祖母と弟を迎える。十二月、「照葉狂言」を『読売新聞』に発表。このころ、生涯の親友笹川臨風と相知る。

一八九七年（明治三〇）**二十四歳**　はじめて口語体の小説「化鳥」を『新著月刊』に発表。十二月、「髯題目」を『文芸倶楽部』に発表。高山樗牛の絶讃を受ける。

一八九八年（明治三一）**二十五歳**　二月、「辰巳巷談」を『新小説』に、四月、亡き母に想いをはせて「笈摺草紙」を『文芸倶楽部』に発表。

一八九九年（明治三二）**二十六歳**　一月、硯友社の新年宴会席上で、神楽坂の妓桃太郎（本名伊藤すず、後の鏡花夫人）と相知る。四月、「通夜物語」を『大阪毎日新聞』に連載。十一月、「湯島詣」を『春陽堂』から刊行。この年の秋、牛込榎町に転居。

一九〇〇年（明治三三）**二十七歳**　二月、「高野聖」を、『新小説』に発表。六月、『辰巳巷談』川上座で初演。

一九〇一年（明治三四）**二十八歳**　鏡花の生い立ちをよく表わしている「いろ扱ひ」「創作苦心談」はこの年の談

話。

一九〇二年（明治三五） 二十九歳 七月末から九月上旬まで、胃病治療のため神奈川県逗子桜山街道の一軒家に転地。神楽坂のすず、しばしばおとずれて、その台所を手伝った。

一九〇三年（明治三六） 三十歳 三月、牛込南町から神楽坂に転居、郷土の友吉岡賢竜の厚誼によって、すずとの同棲がはじまる。四月、病床にある師紅葉に呼ばれ、すずとの絶縁を申し渡される。このため、すずは泉家を去り、紅葉没後、鏡花夫人の座につくことになる。十月、紅葉没す。「風流線」を『国民新聞』に連載。このころより、文壇の代表作家の列にはいる。十二月、「紅葉先生逝去前十五分」を『新小説』に発表。

一九〇四年（明治三七） 三十一歳 三月四日「紅雪録」「続・紅雪録」を、ともに『新小説』に発表。五月、「続風流線」を『国民新聞』に連載。九月、「高野聖」が本郷座で上演される。

一九〇五年（明治三八） 三十二歳 四月、「銀短冊」を『文芸倶楽部』に発表。夏目漱石から「天才」と賞せられる。六月、「女客」を『中央公論』に発表。

一九〇六年（明治三九） 三十三歳 二月、祖母きて死す。七月、健康を害して、静養のため、逗子にふたたび転地。土地の岩殿寺観世音を篤く信仰する。八月、「通夜物語」「湯島詣」を大阪朝日座で初演。

一九〇七年（明治四〇） 三十四歳 一月、「婦系図」を『やまと新聞』に連載。五月、ハウプトマン作「沈鐘」を、登張竹風との共訳で「やまと新聞」に載せる。「風流線」本郷座で初演。

一九〇八年（明治四一） 三十五歳 二月、逗子から帰京、笹川臨風の世話で、麹町土手三番町に住む。四月、自然主義文学全盛の風潮に抗して評論「ロマンチックと自然主義」を『新潮』に発表。六月、鏡花文学の愛好者の集《つど》い、「鏡花会」が結成される。九月、「婦系図」新富座で初演。

一九〇九年（明治四二） 三十六歳 三月、笹川臨風、後藤宙外ら反自然主義系作家の集まり、「文芸革新会」に参加。十月、「白鷺」を『朝日新聞』に連載。夏目漱石と相知る。十一月、「文芸革新会」地方講演会のため、宇治山田、名古屋などを旅行する。「歌行燈」の桑名の描写は、この折のスケッチによるものである。

一九一〇年(明治四三) 三十七歳 一月、「歌行燈」を『新小説』、「国貞ゑがく」を『太陽』に発表。また、「鏡花集」(春陽堂)全五巻の刊行はじまる。四月、「白鷺」本郷座上演。五月、麴町下六番町十一番地に転居して、ここを生涯の住まいとする。十月、永井荷風の推挙で、「三味線堀」を『三田文学』に掲げた。

一九一一年(明治四四) 三十八歳 三月、「三味線堀」を宮戸座で上演。このころから、自然主義作家群の、反鏡花芸術の声高まる一方、若い耽美派作家の間に、鏡花文学の讃美の声もおこる。里見弴と親しくなる。九月、「能楽座談」を『能楽』に発表。

一九一二年(明治四五・大正元) 三十九歳 一月、「南地心中」を『新小説』に発表。五月、同作を新富座で上演。

一九一三年(大正二) 四十歳 一月、「五大力」を『新小説』に十二月、戯曲集「恋女房」を鳳鳴社から発行。

一九一四年(大正三) 四十一歳 九月、「日本橋」を千章館から出版、小村雪岱の装訂による。以来、鏡花の作品集には同氏の装訂によるものが多い。

一九一五年(大正四) 四十二歳 三月、「日本橋」を本郷座で上演。六月、「鏡花選集」を春陽堂から発刊。十月、作品集「遊里集」を、同じく春陽堂から出版。

一九一六年(大正五) 四十三歳 一月、作品集「鏡花双紙」を春陽堂から出版。十一月、イギリスから帰朝した水上滝太郎、久保田万太郎とともに鏡花宅を訪れ、生涯の親交がはじまる。

一九一七年(大正六) 四十四歳 九月、「天守物語」を『新小説』に発表。

一九一八年(大正七) 四十五歳 七月、「芍薬の歌」を『やまと新聞』に連載。

一九一九年(大正八) 四十六歳 一月、「由縁《ゆかり》の女」を『婦人画報』に連載。

一九二〇年(大正九) 四十七歳 五月、「売色鴨南蛮」を『人間』に発表。六月、谷崎潤一郎と「葛飾砂子」映画化の件で話し合う。芥川竜之介と知り合う。

一九二一年(大正一〇) 四十八歳 四月、「幽霊記事」を『小説倶楽部』に発表。

一九二二年(大正一一) 四十九歳 一月、「身延の鶯」を『東京日々新聞』に連載。

一九二三年(大正一二) 五十歳 五月から「朝湯」を『大

阪朝日新聞』に連載。九月、「関東大震災」の火を避けて露宿二昼夜。この年、地震の体験を書いた小品二編。

一九二四年（大正一三） 五十一歳 五月、「眉かくしの霊」を『苦楽』に発表。

一九二五年（大正一四） 五十二歳 七月から、「鏡花全集」（現代小説全集）を新潮社より刊行。

十五巻・（春陽堂）の刊行がはじまる。九月、「泉鏡花集」（現代小説全集）を新潮社より刊行。

一九二六年（大正一五・昭和元） 五十三歳 一月に戯曲「戦国新茶漬」を『女性』に発表。七月、「歌行燈」を明治座で初演。

一九二七年（昭和二） 五十四歳 四月、「卵塔場の女」を『改造』に発表。七月、芥川自殺、鏡花文壇の代表として弔詞をよむ。十月、「十和田湖」を『東京日々新聞』『大阪毎日新聞』に発表。

一九二八年（昭和三） 五十五歳 五月、「主婦の友社」主催の「幽霊と怪談の座談会」に列席。九月、「泉鏡花集」（現代日本文学全集）改造社から出版。また「泉鏡花篇」（明治大正文学全集）春陽堂より出版。

一九二九年（昭和四） 五十六歳 二月、「泉鏡花集」豪華版春陽堂から出版。五月、石川県和倉温泉に、さらに金沢市藤屋に赴いて、初恋の人湯浅しげ子に会う。

一九三〇年（昭和五） 五十七歳 一月、「泉鏡花篇」（現代長篇小説全集十四巻）、新潮社より出版。五月、修善寺新井に遊ぶ。

一九三一年（昭和六） 五十八歳 六月、千葉勝浦に、十一月、石川県金沢藤屋に遊ぶ。

一九三二年（昭和七） 五十九歳 この年、熱海水口園・また修善寺温泉に遊ぶ。

一九三三年（昭和八） 六十歳 三月、実弟泉斜汀、徳田秋声経営のアパートで逝去、このことによって、秋声との長年の不和が解消された。

一九三五年（昭和一〇） 六十二歳 一月、「日本悲劇名作全集」第七巻（中央公論社）に「婦系図」「日本橋」を載せる。

一九三七年（昭和一二） 六十四歳 一月、「薄紅梅」を『東京日々新聞』『大阪毎日新聞』に連載。六月、帝国芸術院会員となる。

一九三九年（昭和一四） 六十六歳 四月、佐藤春夫の甥と、谷崎潤一郎の長女との結婚の媒酌をする。七月、病気をおして「縷紅新草」を『中央公論』に発表。八月、病勢募る。九月七日、肺腫瘍のため逝去。

※紙数に限りあるため、鏡花作品中、鏡花の文芸に深くかかわりがあるものをえらんで記した。

参考文献

泉鏡花　村松定孝　河出書房　昭32・3

明治大正文学研究21号　東京堂　昭32・3

明治大正文学研究9号　東京堂　昭27・12

明治大正文学研究11号　東京堂　昭28・10

明活大正文学研究20号　東京堂　昭31・10

鏡花世界瞥見　水上滝太郎　日本評論社　昭8・8

泉鏡花論（近代日本浪漫主義研究）　吉田精一　修文館　昭18・3

人・泉鏡花　寺木定芳　武蔵書房　昭18・9

日本文壇史4　伊藤　整　河出書房　昭39・7

泉鏡花月報（鏡花全集付録）　諸　家　岩波書店　昭15・11

さくいん

—完—

泉　鏡花■人と作品　　定価はカバーに表示

1966年９月15日　第１刷発行Ⓒ
2017年９月10日　新装版第１刷発行Ⓒ

・著　者　…………………………福田清人《ふくだきよと》／浜野卓也《はまのたくや》
・発行者　………………………………渡部　哲治
・印刷所　……………………法規書籍印刷株式会社
・発行所　…………………………株式会社　清水書院

〒102-0072　東京都千代田区飯田橋3-11-6
Tel・03(5213)7151～7
振替口座・00130-3-5283
http://www.shimizushoin.co.jp

検印省略
落丁本・乱丁本は
おとりかえします。

CenturyBooks

Printed in Japan
ISBN978-4-389-40114-6

Century Books

清水書院の〃センチュリーブックス〃発刊のことば

近年の科学技術の発達は、まことに目覚ましいものがあります。月世界への旅行も、近い将来のこととして、夢ではなくなりました。しかし、一方、人間性は疎外され、文化も、商品化されようとしていることも、否定できません。

いま、人間性の回復をはかり、先人の遺した偉大な文化を継承して、高貴な精神の城を守り、明日への創造に資することは、今世紀に生きる私たちの、重大な責務であると信じます。

私たちがここに、「センチュリーブックス」を刊行いたしますのは、人間形成期にある学生・生徒の諸君、職場にある若い世代に精神の糧を提供し、この責任の一端を果たしたいためであります。

ここに読者諸氏の豊かな人間性を讃えつつご愛読を願います。

一九六六年

SHIMIZU SHOIN